할담비,
인생 정말 모르는 거야!

인싸춤 한방으로
전국을 뒤흔든

지병수
지음

애플북스

나도 놀 만큼 놀아봤다

"미쳤어 어디가? 와서 커피 한잔하고 가!"

요즘 밖에 나가면 귀 아프게 듣는 말이야. 지난 3월, 〈전국노래자랑〉에 나가서 손담비의 〈미쳤어〉를 부른 이후로 우리 동네 사람들은 물론이고 내가 매일 드나드는 복지관 사람들과 길거리 행인들까지 나를 '미쳤어'라고 부르거든. 기분 나쁘냐고? 천만의 말씀. 나 같은 늙은이를 반겨주고 좋아해 주는 사람들이 있다는 게 그저 감사하고 신기할 따름이지.

'미쳤어'가 나이 좀 지긋한 분들이 불러주는 별명이라면, 젊은 층에선 '할담비'라는 애칭으로 통하고 있어. 나야 뭐로 불리든 상관없지만 후자가 좀 더 듣기 사랑스럽긴 허지?

2019년 3월 24일. 그날 이후로 많은 게 달라졌어. 방송국에서 섭외 전화가 밀려들더니 TV로만 봤던 유명인과 같이 방송 출연을 하고 광고도 찍고. 일흔일곱에 노래 한 곡 불러 이렇게 다른 세상을 경험하다니, 인생 정말 모를 일이라는 생각을 매일 아침 하고 살아.

180도 바뀐 생활로 내가 혹여 건강 해치고 사람들에게 상처라도 받을까 봐 걱정해주는 사람들이 많아. 감사한 일이지만 정신 못 차리고 세상 장단에 뜬구름 잡을 나이는 지났지. 방송 출연도 붕 뜬 마음이 아닌 그저 나답게만 하고 내려온다는 마음으로 하고 있으니까.

그런데도 출판사에서 책을 내자고 찾아왔을 땐 많이 망설였어. 나 같은 사람 뭐 대단할 게 있다고 책까지 낸단 말여. 또, 책을 내면 누가 읽어나 준댜? 괜한 일을 벌여 출판사에 적자라도 나면 내가 굉장히 미안할 테고…. 그렇게 몇 날을 고민하다 생각을 바꿔 먹었어. 잘나고 똑똑한 사람만 책을 내는 세상도 아닌데 나라고 못 낼 건 또 뭐가 있어? 돌아보면 나도 꽤 흔치 않은 삶을 살았다 이 말이야.

노인네 인생에 뭐 대단할 게 있나 싶겠지만 니들보단 파란만

장했을걸? 이래 봬도 금수저 물고 태어나 재능 없는 공부에 인생도 걸어봤고(금방 포기했지만), 주먹 세계에서 서로 모셔가려던 십 대 시절도 지내봤어. 관절 쌩쌩할 땐 고고장에서 독무에 가까운 실력을 뽐내던 춤꾼이었고, 인생의 황금기엔 돈도 벌 만큼 벌고 남부럽지 않게 날려도 봤던 몸이거든? 사람 잘 믿는 성격 때문에 오십 줄에 쪽박을 차게 됐지만, 또 이렇게 희한한 대목에서 대박까지는 못돼도 인생 중박을 치지 않았난 말이야. 참 재미진 인생이지?

누군가에게 내 이야기가 힘이 되면 좋겠지만 그건 지나친 욕심 같고, 이 책을 읽는 사람이 책장을 넘기는 동안만이라도 함께 웃고 공감해주면 그걸로 충분허지. 그저 산전수전 다 겪은 할배도 이렇게 밝게 살 수 있다는 걸 보여주고 싶을 뿐, 딴 건 없어. 책이 영 안 팔리면 어쩌냐고? 그야 출판사에 미안할 뿐이지 뭐. 으허허허허~

목차

1장

병수의 오늘

전화기에 불이 났다

'톡톡톡' '쿵쿵쿵'

3월의 마지막 주였어. 여느 날처럼 아침 기도를 마치고 식탁 앞에 앉아 스트레칭을 하는 중이었어. 5년 전 실버대학에서 배운 건강 체조를 매일 아침 30분씩 빼먹지 않고 하고 있거든. 머리부터 통통 두드리기 시작해서 목, 어깨, 가슴을 지나 점점 하체로 내려가는 거야. 그중에서 내가 젤로 공을 들이는 건 킹콩 치기. 가슴팍을 5분간 쿵쿵 소리 나게 치다 보면 막힌 혈관도 뻥 뚫리는 것 같고 전날 쌓인 화까지 쑥 빠져나가는 기분이야.

허리 젖히기, 장딴지 두드리기를 지나 정강이 마사지를 하려는데 요란하게 전화벨이 울렸어. 아침 댓바람부터 누구여?

"어르신, 복지관인데요. 아직 출발 안 하셨나요? 어제 전화가 너무 많이 와서요. 암튼 빨리 오시겠어요?"

일주일에 나흘을 찾아가는 종로노인복지관에서 사무를 보는 선생님이야. 내가 복지관에서 2년 넘게 엔카반과 가요반을 수강하면서 겸사겸사 자원봉사도 하고 있거든. 통화를 끊고 보니까 부재중 전화가 스무 통이 넘게 찍혔네? 어제저녁, 방전된 핸드폰을 충전기에 꽂아놓고 일찌감치 잠이 들었는데, 밤새 뭔 일이 생긴겨?

"방송국에서 할아버지 인터뷰를 하자네요."

복지관에 도착하니까 선생님이 난감한 표정으로 메모장을 보여줬어. KBS, MBC, tvN, 처음 들어보는 방송국까지 여러 곳에서 나를 만나고 싶다고 복지관으로 전화를 해댄 모양이야. 세상에, 전화가 북새통이라 다른 일을 하나도 못 했대. 미안해서 어쩌까나! 근데 방송국이 나를 머땀시?

"아이고~ 할아버지 뜨셨잖아요. 유튜브 스타 되셨는데 할아버지만 몰라!"

유티비? 그게 뭔데? 복지관 사람들이 핸드폰으로 이것저것 찾아 보여주는데 도통 딴 세상 이야기라 어안이 벙벙해. '유튜브 조회 수 200만 건' '미쳤어 할아버지 등장에 객석 초토화' '〈전국노래자랑〉 실검 1위' 이런 제목의 기사를 보여주는데 그때는 실검이 뭐고 유튜브가 뭔지 하나도 몰랐으니까. 요는 내가 〈전국노래자랑〉 종로구 편에 나가서 〈미쳤어〉를 부른 장면이 전국적으로 떴다는 건데···. 당최 이게 뭔 난리래?

이걸 사람들이 그렇게 많이 봤다고?

사람들이 핸드폰으로 내가 〈전국노래자랑〉 무대에 오른 장면을 보여줬어. 3월 초에 녹화했던 걸 3주 후, 그러니까 3월 24일에 방송해줘서 나도 지난 일요일 우리 집 TV로 봤더랬는데, 그걸 내가 나온 장면만 짧게 편집한 거였지.

"안녕하세요! 종로 멋쟁이 지병숩니다~"

큰 무대는 처음이라서 얼굴에 긴장한 티가 나더라고. 송해 형님과 몇 마디 주고받은 뒤 전주가 시작됐어. 야심차게 뒤돌아서서 관객을 사로잡을 포즈를 잡았지. 실룩실룩~ 흔들흔들~ 고놈 뒤태 내가 봐도 참 요염하네. 드디어 시작하는 나의 노래.

"내가 미쳤어~ 정말 미쳤어~ 너무 미워서~ 떠나버렸어~"

간드러지는 노랫가락에 벌써 객석에서 깔깔 소리가 새어 나와. 사람들이 열광하는 건 노래 실력보단 나의 춤이렷다? 내가 복지관에서도 춤꾼으로 유명하거든. 어쩜 그렇게 앙증맞게 몸을 흔드냐며 밀당의 고수가 나타났다고 야단이지. 이래 봬도 내가 18년 동안 국악과 한국무용을 몸에 익힌 전통춤꾼이야. 어느덧 팔십을 바라보는 무거운 몸이지만, 손끝과 몸짓 하나하나에 자부심 가득한 춤선을 실어낸다 이 말이야.

드디어 백발백중의 요염 댄스 구간. 노래와 함께 군데군데 간지러운 몸짓을 섞었더니 여기저기서 막 웃음이 터져 나와. 무대에선 준비한 걸 해내기 바빠서 미처 객석을 볼 여유가 없었는데, 이렇게 카메라가 하나하나 잡아주니 그날의 객석 분위기가 실감나더라구.

"어머머머머! 저 할아버지 봐!"

어깨를 들썩이며 웃는 사람들 표정이 그렇게 즐거울 수가 없는 거야. 어떤 사람은 죽겠는지 눈물까지 찍어대고. 내가 사람

들을 행복하게 했나 보다. 허, 병수가 또 한 건 했구나!

워낙 흥이 많아 기회가 있을 때마다 무대에 올라 장기를 뽐내던 몸이라 그때만 해도 별것 아니라 생각했지. 그런데 이번은 좀 요란한 거야. 뉴스에서 '명불허전 춤솜씨로 인싸 인증' '경기 침체기 박세리 같은 희망 메신저'라며 엄청 띄워주데? 이걸 그렇게 많은 사람들이 돌려 봤다고? 그래서 방송국에서 나를 찾는다고?

'인싸춤' 한방으로 여기저기 방송 출연

방송이 나간 게 2019년 3월 24일 일요일이었는데 당장 그 주부터 복지관 사무실 전화기에 불이 났어. 방송국 섭외 전화에, 신문사 인터뷰 요청에, 무슨 축제며 행사장에서까지 전화가 쇄도했으니까. 노인네 대신 응대하고 일정 잡아주느라 선생님들 고생이 이만저만이 아니었지. 종로노인복지관 추천으로 〈전국노래자랑〉에 나간 터라 복지관 분들이 크게 신경을 써준 거야.

내가 〈전국노래자랑〉에서 인기상을 탈 수 있었던 건 탁월한 선곡 덕이었지. 손담비의 〈미쳤어〉. 〈전국노래자랑〉 참가 신청을 하러 갔을 때 신청서를 받아든 담당자가 눈을 동그랗게 뜨고 되물었어.

"미쳤어요?"

곡명을 되묻는 건지 나더러 미쳤냐는 건지 아리송했지만 설마 팔순을 앞둔 노인한테 욕을 했을라구.

라디오에서 이 곡을 처음 들은 게 2008년도니까 나는 이 노래를 어느덧 10년째 불러온 사람이야. 사람들이 어떻게 그 연세에 이 노래를 부를 수 있느냐고 묻는데, 요즘 음악이라도 잘 듣다 보면 내게 딱 맞는 곡이 있어. 우선 이 곡은 젊은 사람들 곡인데도 너무 빠르지 않아서 좋아. 부를수록 박자가 몸에 익어서 절로 동작이 따라 나온달까. 그냥 흥얼흥얼 따라부르기 시작한 게 어느새 입에 착 붙고 몸에 탁 엉겨서 내 최고 애창곡이 된 셈이지.

가사를 다 외운 뒤부터 나는 어디 놀러 갈 때마다 한 번도 빼지 않고 이 노래를 불렀어. 복지관 야유회, 연말 송년회, 내 칠순 잔치에서도. 사람들 반응이야 말해 뭐해. 박장대소에 배꼽 빠져라 웃지. 그런 모습을 보면 나도 그렇게 기분이 좋을 수 없

사람 얼굴은 처음이라구

어. 아, 지병수 또 한 건 했구나, 하고.

그 후로 4월 한 달은 정말 눈코 뜰 새 없이 바빴어. 일주일에 전화가 100통, 하루에 스무 통꼴로 걸려왔다니까. 하루에 두세 건씩 방송 출연을 했는데, TV로만 보던 유명한 사람을 가까이서 보고 같이 토크도 했다는 거 아니야.

〈안녕하세요〉에 나가 이영자랑 신동엽이도 보고, 평소 즐겨 보는 〈동치미〉에 가서 인생 이야기도 하고 왔어. 유키즌가 뭔가 퀴즈 맞히는 프로에 출연해서 유재석이도 보고, 〈비디오스타〉에 나가서 김숙이랑 박나래도 봤어. 김제동한테는 이담에 장가가면 축가로 〈미쳤어〉를 불러주기로 약속했고. 〈연예가중계〉란 프로에선 가수 손담비랑 그렇게 고대하던 듀엣 무대도 가졌다니까? 내가 전부터 다른 프로에서 원조 가수와 함께 무대에 서보는 게 소원이라고 노래를 불렀더니 손담비가 흔쾌히 응해준 거야.

라디오에도 여러 번 출연하고 이름 모를 방송까지 수십 편은 출연한 것 같아. 진즉에 머리가 굳어서 어떤 프로에서 누구를 만났는지 다 기억하긴 힘들지만, 아무튼 4월 한 달은 여기저기서 무진장 불러줘서 억수로 바빴어. 반짝하고 끝날 관심인 줄 알았는데, 요즘도 지역 행사나 젊은이들 축제에 와달라는 제의를 받으니 세상 참 오래 살고 볼 일이지.

나도 매니저 있다

몸은 하나인데 와달라는 곳은 많고, 머리가 굳어서 방송국과 통화를 해도 당최 무슨 소린지 알아먹질 못하겠고…. 복지관 선생님이 열심히 메모해서 설명해줘도 알겠는 건 그때뿐이니, 이거 큰일이더라구.

"오늘 인터뷰하러 온다는 데가 어디였지?"

"작가 선생님 전화번호를 적어놨는데, 이게 어디 갔더라?"

밀려드는 섭외 요청을 언제까지 복지관에만 맡길 수도 없는 노릇이라 난감했는데 그때 나서준 사람이 동호 동생이었어.

동호 동생을 처음 만난 건 2019년 3월 2일이었어. 날짜를 정확히 기억하는 건 그날이 〈전국노래자랑〉 녹화 날이어서야. 나는 참가자, 동호 동생은 관객. 그냥 관객은 아니고, 구청장님과 지역구의원 같은 분들이 앉아 있는 자리에 동호 동생도 같이 있었어. 나중에 알게 된 거지만 동호 동생이 종로구상공회 22기 회장이자 현 부회장이거든. 지역 행사엔 안 빠지고 참석하는 마당발에 동대문에서 큰 완구점을 하는 지역 유지야.

그날, 녹화를 마치고 상명대 운동장을 슬슬 걸어 내려오고 있는데 주차돼 있던 검은 차에서 양복을 쫙 빼입은 동호 동생이 나와서 인사를 하지 뭐야.

"어르신, 아까 무대 진짜 감명 깊게 봤습니다."

나 때문에 무척 즐거웠다면서 이것도 인연이니 같이 사진을 찍자네. 알아주는 게 고마워서 사진 한 방 찍고 슬슬 걸어가려는데 뒤에서 또 어디 사시느냐고 물어. 신설동 어디 산다 그랬더니 마침 자기도 가게가 그쪽이라 태워주겠다는 거야. 상명대가 상당히 꼭대기에 있어서 다리 아프던 차에 잘됐지 뭐. 차 얻어 탄 인연으로 이런저런 이야기를 하며 내려오는데 동호 동생이 잠깐 누구랑 통화를 하더니 그러더라구.

"지금 시간 괜찮으시면 저랑 식사하러 가시겠어요?"

방금 구청장님이랑 통화하다가 아까 무대에서 인기상 탄 할아버지 만나서 태워드리는 중이라고 했더니 뒤풀이 자리에 모시고 오라고 했다는 거야. 나야 혼자 사는데 달리 할 일이 있어

눈앞에 국회의원이 딱!

뭐가 있어. 좋다 그랬지.

식당에 한 40명 모여 있는데 동네 유지들에 구의원, 시의원까지 다 높으신 분들이야. 동호 동생이 나를 멋지게 소개해주면서 구청장님 옆자리에 앉혀줬어. 맞은편엔 정세균 국회의원, 김영종 구청장, 유양순 구의회의장까지 앉았으니 편한 자리는 아니잖아. 얼떨떨해서 가만 앉았는데 다들 어쩜 그렇게 춤을 잘 추냐고 띄워주데? 축하받았으니 답례로 노래 한 곡 쫙 뽑고 기분 좋게 술 한잔하고 돌아왔지. 누가 봤으면 병수가 엄청 출세한 줄 알았을 거야. 으허허허허~

그때까지만 해도 일이 이렇게 커질 줄은 꿈에도 모르고 그냥 나를 생각해주는 고마운 이웃으로 알고 지내면서 가끔 전화해서 안부도 묻고, 사는 이야기도 나누고 그랬지. 그러다 여기저기서 섭외 요청이 밀려와서 난감할 때 딱 생각나는 게 동호 동생이더라구. 물론 만난 지도 얼마 안 됐는데 무턱대고 매니저해달라고 부탁할 순 없었겠지. 그 전에 동호 동생을 신뢰할 만한 결정적인 사건이 있었어. 그건 다음에 얘기해줄게.

1장 병수의 오늘

안녕하세요, 얼떨결에 매니저로 데뷔한 송동호입니다.

그날 상명대 공연장 2층에서 공연을 다 지켜봤는데 우리 할 담비 형님처럼 무대를 휘어잡는 사람이 없었어요. 어찌나 배꼽을 잡고 웃었는지, 최우수상, 우수상 탄 사람은 기억이 안 나도 우리 형님이 인기상 탄 무대만큼은 생생하거든요?

그날 저는 함께해 달라는 요청을 받고 간 거라서 딱히 응원할 사람이 없었어요. 그래서 방송 녹화가 끝나고 사람들이 우르르 몰려들어 사진 촬영하느라 바쁠 때 혼자 밖으로 나왔죠. 안에서 왁자지껄 사진 촬영이 한창이라서 운동장은 아직 한산했어요. 차 안에서 잠깐 쉬고 있는데 좀 전에 무대를 사로잡았던 분이 차 앞으로 살랑살

오래가입시더

랑 지나가시는 거예요. 바로 문 열고 나가서 인사를 했죠. 같이 사진도 찍고요.

목에는 그날 받은 인기상 메달을 자랑스럽게 걸고 계셨어요. 그 모습이 너무 정겨운데, 또 한편 드는 생각이 한참 안에서 사진 찍고 축하받으셔야 할 시간에 왜 일찌감치 녹화장을 빠져나와서 혼자 집에 가실까, 싶더라고요. 그때는 혼자 사시는 것까지는 모르고, 가족들이 바빠서 같이 못 왔나 보다 생각하고 말았죠. 같이 사진 찍고 저만치 혼자 내려가시는데, 그 모습이 괜히 짠하고 안됐다는 생각이 드는 거예요. 그래서 차로 태워다 드리면서 이렇게 팔자에 없는 매니저 일까지 하게 됐네요.

나중에 대화하면서 형님이 평생 독신으로 사신 걸 알았어요. 아, 그래서 그날 그렇게 사진도 안 찍고 일찍 가셨구나, 했죠. 그런데도 저렇게 밝고 건강하게 사시니 새삼 놀랍더라고요.

그즈음에 제 며느리가 생일을 맞아 형님을 집에 초청해서 식사 대접을 했어요. 가족끼리 둘러앉은 조촐한 생일잔치였는데 형님이 이런 가족적인 분위기가 참 보기 좋다면서 부러워하셨어요. 밝게 사시지만 한편으론 가족의 품이 그리우신가 보다, 그런 생각이 들더라고요.

아무튼, 그날 주차장에서 저랑 단둘이 찍은 사진이 그 역사적인 공연이 있던 날 형님이 개인적으로 찍은 유일한 사진이 됐어요.

제가 찍자고 안 했으면 서운할 뻔했지요, 형님?

광고계의 샛별 등장

여기저기 방송에서 불러줘서 TV에 나오는 것도 놀랄 일인데 세상에, 광고가 들어와. 광고는 스타 중에서도 스타만 찍는 건데 말이야. 내가 그 정도로 뜬 걸까? 메뚜기도 한철인데 지병수의 한철이 지금 요때인가 싶기도 하고. 아무튼 물 들어올 때 노 저으라는데, 들어오는 광고를 마다할 내가 아니지.

처음 들어온 광고는 롯데홈쇼핑 광고였어. 롯데홈쇼핑은 아주 큰 회산데 그런 데서 날 찾아와 광고를 찍자니. 내가 남녀노소 모든 층에 친근한 이미지라서 광고모델로 발탁했다나?

친절하게도 젊은 사람들이 광고 콘셉트를 다 짜와서 설명해 주데. 〈미쳤어〉의 가사를 개사해서 자기네 회사 무슨 클럽에 가입하라는 노래를 부르라는 거야. 클럽이 어떻고 가입이 어떻고 하는 걸 보니 아무래도 젊은 사람들을 위한 광고 같았어. 내가 사는 세상은 아니라서 상세한 건 잘 몰라도 그냥 시키는 대로 잘만 따라 하면 되겠지, 뭐.

"그쪽 사람들이 형님이 할 멘트랑 줄거리를 다 짜주기 때문에 크게 어려울 건 없을 거예요."

광고주 여러분
사..사..좋아합니다

나 스타 되었어요!
광고도 찍어요!

우리 매니저도 그렇게 말해서 나도 크게 힘들 건 없을 거로 생각했는데…. 그런데 그게 아니더라? 내가 〈미쳤어〉를 하루 이틀 부른 것도 아닌데, 같은 곡조에 가사만 조금 바꾼 게 왜 그렇게 안 외워지는지! 입에 안 붙어도 너무 안 붙어. NG를 백 번은 낸 거 같아. 내가 어디 가서 긴장을 잘 안 하는데, 눈앞에 카메라랑 스태프들이 빙 둘러서 내 입만 쳐다보고 있으니 이거 아주 미치겠데? 입안이 바짝바짝 말라 그런가, 가뜩이나 이가 없어 새는 발음이 평상시보다 더 새는 거 같고…. 진땀 나서 혼났잖아.

춤은 또 왜 그렇게 쑥스러운지 의자를 돌려놓고 앉으라는데 영 불편해. 다리를 요래 벌리고 앉는 손담비 춤 그거 있잖아. 내가 손담비 노래랑 춤은 얼추 따라 했어도 그것까지 따라 할 생각은 안 해봤거든? 그래도 시키니 어째, 그냥 하는 거지. 근데 영 자세가 안 나와서 했던 거 찍고 또 찍고…. 내가 될 때까지 거기 사람들도 집에 못 가니 서로 못 할 짓이더만. 내가 못 따라준 거 같아 영 미안한데 우와 그 사람들, 역시 기술자야. 나중에 보니까 편집을 기똥차게 해서 어설픈 것도 다 가려주고 아주 멋스럽게 잘 나왔더라구.

광고를 찍었는데 TV에 안 나와

내가 찍은 광고가 TV에 나오는 줄 알았는데 그건 아니더라. 요즘엔 죄다 핸드폰으로 본다며? 콤퓨타 세상이라서. 게다가 사람들이 광고를 얼마나 많이 봤는지도 셀 수 있다던데?

나야 누가 보여주지 않으면 찾아서 보긴 힘드니까 그냥 광고 찍었다고만 말하고 다녔는데, 동호 동생이 글쎄 내 광고가 대박이 났다는 거야. 그 광고 영상을 인터넷으로 하루 만에 3만 번인지 3만 명인지가 봤다나. 그걸 그렇게 세어볼 수 있다는 거에 놀라서 3만이라는 숫자에는 놀라지도 못했는데, 며칠 뒤 동호 동생이 그래.

"지난번에 찍은 광고 조회 수가 100만 돌파했답니다. 광고 영상 공개 후에 하루 평균 가입자 수가 4배나 증가했대요."

얼마 전엔 3만이라더니, 100만? 실감이 나야 놀라기라도 할 텐데 나는 그런 소식엔 도통 감동이 없어. 그저 귀신이 곡할 노릇이지. 예전처럼 TV에서 광고를 틀어줘야 보는 게 아니라 핸드폰으로 쉽게 보고 남한테 전달해줄 수도 있어서 그렇게 많이 봤다는 거야. 그렇다니 그런 거겠지 하고 넘어갔어.

할담비 **곰**에 뜨다!

롯데홈쇼핑

IN GUAM
롯데홈쇼핑

롯데홈쇼핑 우수고객과 함께하는

괌 전세기 여행!
진짜 갔다!!

롯데홈쇼핑

할담비 **곰**에 뜨다
×
롯데홈쇼

롯데홈쇼핑

롯데홈쇼핑과 함께하는 소셜펀딩 기금 전달

5,000,000 원

얼마 뒤에 롯데홈쇼핑에서 광고가 대박이 났으니 보답의 의미로 기부 캠페인을 하자고 연락이 왔어. 소셜 펀딩 어쩌고 또 콤퓨타 세상에서 하는 거라는데, 사람들이 '좋아요'를 누를 때마다 얼마씩 기부금이 쌓이는 방식이래. 딱 이틀 동안만 했다는데 목표했던 5,000명이 금세 모여서 기부금 500만 원이 금방 찼다네? 광고도 핸드폰으로 하더니 기부도 핸드폰으로 하고, 세상 참 요지경이지 뭐야.

캠페인으로 모은 기부금은 내가 자원봉사 하는 종로노인복지관에 전달했어. 사람들이 십시일반 모은 좋은 마음이 이렇게 돈이 되는 세상이라니. 요즘엔 고마움이나 감사를 전하는 방식도 참 별나. 뭔가 간편하면서도 너무 순식간에 벌어지고 척척 진행되다 금방 지나가 버려. 몹시도 콤퓨타적이라고 할까.

세상 잘나가는 힙합 전사

두 번째 광고는 큐피트라는 곳이랑 찍었어. 주말 저녁에 핸드폰으로 푸는 퀴즈쇼를 광고하는 거랬어.

방식은 전과 비슷해서, 하루 전에 스튜디오 가서 〈미쳤어〉를 개사한 노래를 녹음하고, 다음 날 그 노래에 맞춰 모션을 땄지. 한 번 해봤으니까 두 번째는 좀 나을 줄 알았는데 웬걸. 가사가 더 많아져서 그런가, 큐 싸인 직전까지 달달 외운 게 무색하게 녹화만 들어가면 머릿속이 하얘지지 뭐야.

옷은 또 왜 그렇게 많이 갈아입으라는 건지 수트에, 추리닝에 색색깔로 몇 번을 갈아입고 카메라 앞에 다시 섰어. 움직이는 삼계탕 모자를 씌우질 않나, 총알 대신 돈다발을 발사하는 장난감 총을 쏘라고 하질 않나. 그것도 사방팔방으로 시원하게 돈을 날려야 하는데 원하는 방향대로 날아가질 않아 자꾸 NG가 나는 거야. 그럴 때마다 열 명 남짓한 스태프들이 바닥에 흩어진 돈을 주워 담느라 쪼그려 뛰기를 해대니 또 얼마나 미안하던지….

제일 힘든 건 힙합 콘셉트를 촬영할 때였어. 내가 젊은 사람들 노래 이런 거 저런 거 다 해봤어도 랩이란 건 한 번도 해본 적이 없거든. 그냥 따발총 같고 시끄러워서 도통 무슨 뜻인지 모르겠는데 생전 처음 랩을 하게 될 줄이야. 시키니 한다만 무슨 맛인지도 모르고 부르려니 목소리가 영 기어들어 가네? 그

때 감독님이 요즘 잘나간다는 가수의 영상을 하나 보여주는 거야.

"오늘만큼은 내가 세상에서 제일 잘나간다 생각하세요. 이 랩퍼처럼 약해도 센 척, 몰라도 아는 척 당당하게."

몰라도 아는 척 시키는 대로 하는 거야 내가 곧잘 하고말고. 어설픈 랩 실력과 부족한 자신감은 소품으로 카바쳤지. 곰 같은 털코트를 입고 요란한 모자에 삐까뻔쩍한 금붙이까지 두르고 나니 제법 삘이 나지 뭐야. 내친김에 분장사가 손등에 문신도 그려줬어.

문제는 실내에서 몇 시간째 털코트를 걸치고 촬영하려니 조명에 땀이 주룩주룩, 체력도 이제 바닥이야. 평소 나를 강하게 키우는(오는 섭외 다 받아) 동호 동생도 촬영이 10시간을 넘어가니까 안절부절 자꾸 내 안색을 살피는 거라.

"형님, 괜찮아요?"

솔직히 힘은 드는데 옆에 스태프가 걱정하는 얼굴로 쳐다보니까 말이 반대로 나와.

"암씨롱 안 해."

내친김에 스태프한테도 점잖은 서울말로 내가 그랬지.

나 시미는 거 다 했대!

우뗘, 세상 힘드지!?

"저는 괜찮으니까 만족할 때까지 찍으세요들."

솔직한 말로 몸은 파김치가 됐지만 마음은 정반대야. 모션도 정해주겠다, 멘트도 다 떠먹여 주는데 내가 힘들다고 못 하겠다 하면 체면이 안 서지. 다 끝나고 촬영 감독이 그러더라.

"수고하셨습니다. 150% 마음에 들어요!"

그 말 들으니까 눈물이 다 나려고 하데? 젊은 사람들이랑 같이 일하는 게 그렇게 즐거울 줄 몰랐어. 그날 집에 와서 오랜만에 꿀잠 잤어. 반응이 어떤지는 몰라도 나는 나 대로 최선을 다했으니까 그럼 된 거 아녀?

떼돈 번다는 말

그 이후로도 광고 많이 찍었어. 꽃게 광고도 찍고(아따, 그때 꽃게 징하게 먹었지), 건강식품 광고도 찍었는데 이름은 다 기억이 안 나. 그래도 크든 작든 광고가 들어오면 감사한 마음으로 열심히 찍었지. 유명한 데랑도 찍었어. 정관장, 부동산365… 또 뭐더라? 요즘엔 이게 큰일이여. 자꾸 기억이 가물가물해. 알던 사람 이름도 안 떠올라서 종일 기억이 날랑말랑 맴돌다가 자려고 누우면 그때야 생각이 나지 뭐야.

근데 무슨 상업 광고만 들어오는 게 아니라 문화체육부, 건설교통부, 대법원 이런 데서도 요청이 와. 말하자면 캠페인 광고 같은 거 있잖아. '노인에 대한 인식 개선을 위한 공익광고 제안' '할담비의 인생과 닮은 정부 도시 70년사 소개' 이런 식으로 광고안도 보내주더라고. 점잖은 내용이라 촬영할 때 신은 덜 나지만 내가 좋은 인식을 심어줄 수 있다니까 그냥 열심히 하는 거지.

지금까지 지면이랑 영상 광고 통틀어서 대략 10개는 찍은 거 같아. 누가 이 정도면 광고계 샛별이라데? 광고료는 천차만별이라 작은 데는 몇백만 원도 주고 큰 데선 천만 원도 주고 그래. 이렇게 말하면 사람들은 내가 떼돈 버는 줄 아는데 그렇지는 않아. 광고는 진즉에 찍었어도 세월아 네월아 들어오지 않은 돈도 있고, 세금 떼고 수고해준 매니저랑 나누고 기부도 하면 막상 내 통장에 남는 건 그렇게 많지 않으니까. 동호 동생이야 괜찮다고 해도 자기 일 줄여가며 내 일 봐주는 사람을 어떻게 꽁으로 부려. 상대가 누구든 걸맞은 대접을 해줘야 내 맘도

편한 법이고.

방송은 불러주는 게 고맙고 내가 좋아서 하는 거지 출연료 자체는 큰돈이 못 돼. 그때그때 10만 원 들어올 때도 있고, 30만 원 들어올 때도 있고. 출연료 이야기가 나와서 하는 얘기지만 나 출연료로 5만 원도 받아봤어. 어느 날 동호 동생이 기가 찬다며 통장을 보여주는데 진짜 5만 원에서 세금 3% 떼고 4만 7천 원인가 찍혔더라구. 내가 돈 보고 출연하는 건 아니지만 사람 데려다 몇 시간 힘들게 녹화했으면 그래도 예의라는 게 있을 텐데. 같이 촬영한 다른 출연자들에게도 똑같이 줬을까? 그때는 내가 노인이라고 얕보는갑다, 그런 생각도 들었어.

그런 사정도 모르고 사람들은 "떼돈 번다면서 술 한잔 사야지?" 그래. 나는 그 말이 젤로 듣기 싫어. 별생각 없이 하는 말이겠지만 말이라도 그냥 "술 한잔 사요!" 하면 좀 좋아? 떼돈을 벌든 푼돈을 벌든 내가 술 한잔 안 살 사람도 아닌데.

이전보다 형편이 좋아진 건 맞지만 나는 여전히 신설동 반지하 50만 원짜리 월세 살아. 돈이 벌린들 집을 사고 차를 뽑을 정도도 아니고, 설사 그렇게 번들 내가 하루아침에 주변 정리하고 호화 생활 즐길 사람은 아니야. 이 나이에 신세 고치겠다

행사의 신

공공기관이든 지역 행사든
부르면 다 가

고 방송 나가는 것도 아니고, 그저 사람들이랑 소통하는 게 좋고 내가 남을 웃게 했다는 거에 보람 느끼며 사는 거지. 그런데도 "얼마나 벌었어요? 몇억 벌어놨어요?" 이럴 때는 한 대 쥐어박고 싶은 맘을 꾹 누르고 한마디 쏘고 말어.

"떼돈? 그래 떼돈 번다. 떼돈 버는데, 60%는 기부하고 내 주머니에 들어오는 건 별로 없어. 막말로 내가 스타여 연예인이여? 일반인이 그냥 노래 한 곡 해서 뜬 게 다여. 운이 좋아서 이렇게 좀 바빠진 거지, 봉사 정신으로 가는 데도 많거든? 남의 얘기라고 그렇게 쉽게 허는 거 아니다?"

진짜야. 동호 동생이 일단 알리는 게 중요하다고 해서 취지만 좋으면 거의 사양 안 하고 다 가. 근데 취지가 좋은 데는 대부분 돈이 없어! 무급 수준으로 해줄 때도 많다 이 말이야. 근데 늙은이 체력이 있지, 몸이 갈수록 지쳐. 이러다 나 쓰러지면 동호 동생이 책임질겨?

영원한 레전드, 송해 형님

"자! 노신사 한 분이 올라오십니다. 관록이 뚝뚝 묻어나는데, 선곡이 또 깜짝 놀랄 노래네요, 미쳤어? 미쳤어!"

〈전국노래자랑〉 무대에서 송해 형님이 나를 멋지게 소개해 줬어. 편안하면서도 능청스러운 진행으로 참가자들이 큰 무대에서 얼지 않고 제 역량을 뽐내게 해주시니, 거짓말 하나 안 보태고 관록은 내가 아니라 송해 형님에게나 어울리는 말이지.

1927년생 정묘년 소띠시니까 경자년 새해엔 아흔넷. 내가 일흔일곱에 데뷔한 할담비로 불리지만 형님 앞에선 명함도 못 내밀어. 굽은 허리도 똑바로 펴서 깍듯이 인사해야 할 판이야. 그도 그럴 것이 형님처럼 팔팔하게 현역으로 뛰는 원로 연예인이 또 누가 있어?

송해 형님이 1988년부터 〈전국노래자랑〉 MC를 맡았다니까 벌써 30년 넘게 그 자리를 지킨 셈이잖아. 말 그대로 살아있는 전설, 영어로 레전드지. 젊은 사람들이야 레전드 소리 쉽게 하지만 우린 그게 얼마나 위대한 일인지 알고말고. 진짜 아무나 못 하는 거야.

더 놀라운 건 그 긴 세월 동안 송해 형님이 〈전국노래자랑〉 진행을 펑크 낸 게 딱 한 번이라는 거. 내가 그 기사 보고 얼마나 놀랐는지 몰라. 내가 건강 하나는 남 못지않다고 자신하고 살았지만, 형님처럼 구십에도 정정할 자신은 없어. 철저한 프로 정신 없이는 그 나이에 지금처럼 마이크를 잡기란 불가능한데 형님은 그걸 몸소 보여주니 귀감이 따로 없지.

모르는 사람들은 〈전국노래자랑〉 무대가 나와 송해 형님의 첫 만남인 줄 알지만, 형님과는 그 전부터 알던 사이였어. 7~8년 전쯤 종로 낙원상가 인근에서 둘째 양아들과 고깃집을 했는데 그 맞은편 건물에 송해 형님의 사무실이 있었거든. 우리 가게엔 일주일에 두 번 정도 들러서 소주를 드시곤 했으니, 가게 주인과 단골손님 관계로 처음 만난 거나 다름없지. 가게 문을 닫고는 좀처럼 뵐 일이 없었는데 인연이 또 이렇게 이어질 줄은 나도 몰랐어. 무대에 오르기 전 선곡을 보시더니 나더러 "미쳤냐?"면서 막 웃으시더라.

방송이 나간 이후에 찾아뵙고 같이 식사한 적이 있는데 송해 형님이 그러셨어.

"사람이 살다 보면 정말 알 수 없는 인연이 있어. 처음 봤을 때부터 몸을 실룩샐룩 하길래 좀 이상하다 싶었거든? 내가 보기엔 자기 팔자 제대로 찾아간 거야."

팔자니, 운명이니 젊은 사람들은 안 믿을지 모르지만 나는 타고난 팔자는 있다고 봐. 어릴 때부터 내가 흥이 좀 많았어야지. 소풍 가면 판 깔고 분위기 주도하는 애들 있지? 내가 똑 그랬어. 딱히 누구한테 배운 것도 아닌데 춤이 좋고 노래가 좋아서 무용학과에 진학하고 싶었으니까. 그때는 남자가 그런 데 가면 다리 몽둥이 부러지던 시절이라 가지는 못했어. 그런데 나이 먹어서 춤 배우고 노래하는 거 보면 가둬둔 끼가 어디 안 가더라구. 송해 형님 눈에도 그게 보인 거야.

아무튼 팔자는 그 형님도 만만찮아. 황해도 해주 출신으로 전쟁 때 피난하다 혈혈단신 월남하셨거든? 일제 강점기, 한국전쟁을 다 겪었으니 현대사의 살아있는 증인이지. 그렇게 힘차게 "전국~ 노래자랑!"을 외치지만 실향민의 아픔을 안고 60년

이래 봬도
열여섯 살 차이 ♡

을 살아오신 거야.

하지만 내가 팔자 운운한 건 그런 우울한 얘기가 아니라 형
님에게 영락없는 예능인의 피가 흐른다는 뜻이야. 그분이 해주
예술학교 성악과 출신이거든. 삼십 대에 악극단에서 활동하면
서 이후로 코미디, 영화, 음반까지 활발하게 연예 활동을 하셨
어. 지금까지도 최고령 MC로 마이크를 잡으시니 한평생 자기
재능을 살리고 산 멋쟁이지.

내가 〈전국노래자랑〉을 시작부터 봐온 애청자거든? 애청자로서 바람이 있다면 형님이 부디 지금처럼 쭉 건강하셔서 백 세에도 힘 있게 "전국~ 노래자랑!"을 외치시는 거야. 송해 없는 〈전국노래자랑〉은 앙꼬 없는 찐빵이니까.

2장

병수 어렸을 적에

이래 봬도 부잣집 도련님 출신

나는 전라북도 김제 부량면 출신이야. 국토의 70%가 산지인 대한민국에서 흔치 않게 사방이 탁 트인 평야 지대. 그 들판 한 가운데서 어머니가 나를 낳았어. 일꾼들 새참 주러 가는 길이었다고 하니 그날 일꾼들은 나 때문에 괜한 배를 곯았을까.

아들아들아들 딸딸딸딸 아들아들 딸. 그리고 막둥이 병수. 똥구멍 찢어지게 가난한 시절에 11남매나 되니 고생깨나 했을 거 같지만 이래 봬도 나 금수저 물고 태어났어. 아버지가 동네 제일가는 유지였는데 지금으로 치면 농협 조합장에 면장까지

하셨던 양반이지. 내 기억에 어릴 적 우리 집 땅이 13필지 정도 됐는데 한 필지가 대략 1,200평 정도였으니 계산해봐. 그 많은 땅에 농사 부쳐 먹는 사람이 얼마나 많았겠어. 부량면 일대가 다 우리 집 덕에 먹고살았다고 봐도 무방허지.

형제가 많다 보니 큰형님과는 서른 살도 넘게 차이가 나서, 형님들은 내게 형제라기보다는 집안 어른 같은 존재였어. 모두 김제에서 한 자리씩 하는 분들이었는데, 첫째 형님은 전북에서 제일 큰 주유소를 하셨고, 둘째 형님은 도청 사무관, 셋째 형님은 연초장 과장까지 지내셨는데, 연초장은 지금으로 치면 한국담배인삼공사 같은 곳이라고 보면 돼. 예전엔 전라도 담배가 다 거기서 나왔으니 알아주는 대기업이었지. 넷째 형님은 건강하실 때까지 집안 농사를 이어받아 관리하셨고, 다섯째 형님이 살짝 삐딱선을 탔는데 김제의 유명한 건달이셨어(어디까지나 젊은 시절 얘기다잉?).

형님들과는 나이 차가 많이 나서 나는 대체로 누나들 꽁무니를 따라다녔어. 구슬치기, 땅따먹기, 고무줄 넘기. 온 산을 헤집으며 나물 캐러 다니고 도랑에서 가재도 잡고. 남의 밭 서리할 땐 제일 짬밥 안 되는 내가 망을 봤더랬지. 소여물 먹이러 나가서는 누나들과 노래를 부르곤 했는데, 너른 들판에 울려 퍼지는 누이들 목소리가 얼마나 곱고 청아했는지 몰라.

늘 엄마처럼 챙겨주던 누이들이 하나둘 시집가버렸을 땐 상실감이 말도 못 했어. 잘이나 갔으면 말이나 안 할 텐데 다들 찢어지게 가난한 데로 가서 안 하던 궁상을 떨고 사니까. 부모님도 참 무심하셨지, 왜 중신아비 말만 믿고 딸들을 내주냐고. 남자 집에 찾아가서 어떻게 사는지, 광이 비었나 안 비었나 그런 거 좀 훑어보고 결정하면 좀 좋아? 형님들도 조금만 신경써주면 도시에서 괜찮은 총각들 골라줄 수 있었을 텐데…. 그때는 딸들 시집 보내는 걸 너무 대충대충 한 거야. 한두 번 만나보고 바로 결혼시켜 버렸으니, 어릴 땐 진짜 중신아비도 밉고 부모님도 밉고 형님들도 다 야속하더라구.

어쩌다 누나들 사는 곳에 놀러 가면 형편이 말도 못 해. 광은 텅텅 비고 집은 쓰러지기 일보 직전에 새벽부터 물동이 이고 다니면서 논일에 밭일에…. 시집살이하느라 그 통통하던 얼굴살이 쏙 빠져버렸어. 편하게 살던 누나들이 그렇게 사는 모습을 보니까 어린 나이에도 부아가 치미는 거 있지? 누나들도 나를 붙잡고 그렇게 울었더랬어. "왜 이런 집에 시집을 왔을까

부모님과 누이들.

이?" 하면서…. 그때는 후회도 하고 부모님 원망도 가끔 하더니만, 자식 낳고 살다 보니 나중엔 괜찮아지더라. 훗날엔 다들 잘살게 됐지만, 워낙 젊어서 고생해 그런가 나이들어 등 휘고 다리도 성치 않은 누님들 보면 나는 지금도 마음이 아퍼.

병수가 전주 북중에 입학했다고?

이래 봬도 내가 전주 북중학교 32회 졸업생이야. 서울 사람들은 잘 모르겠지만 당시 전주 북중은 전라도에서 제일가는 명문 중학교였다구. 한 해 400여 명의 신입생을 뽑는데, 전체 8학급 중 한 학급만 전주가 아닌 전라북도의 타지역 학생들이 시험을 쳐서 들어갈 수 있었어. 그 60명 안에 들려면 전교 1, 2등 수준이 아니면 안 됐기 때문에 내가 전주 북중에 지원한다고 했을 때 담임 선생님은 콧방귀를 끼셨지.

"이놈아, 난다 긴다 하는 놈도 떨어지는 데를 니가 어떻게 가겠냐. 어차피 떨어질 거 괜한 헛수고 말고 그냥 김제 중학교 들어가야?"

그도 그럴 것이 내 성적은 잘해야 중간 정도였으니 소가 웃을 일이긴 했지 뭐. 더구나 내가 살던 부량면은 김제에서도 깡촌 중에 깡촌이라 전주 북중 진학률이 그야말로 가뭄에 콩 날 확률이었거든.

그때 깜냥도 안 되던 나는 왜 그토록 북중에 가고 싶었을까? 아마도 그 무렵 귀가 닳도록 들었던 형님들의 충고 때문이었을 거야.

"우덜은 고등학교밖에 못 나왔지만 병수 너는 꼭 대학 가그라. 집안에 대학 나온 사람 하나는 있어야지. 그럴라믄 성적 관리 잘해야 쓴다?"

아버지 같은 형님들이 그러시는데 뭔가 사명감 같은 게 솟더라구. 가만 생각하니 내가 공부를 안 해서 그렇지 나쁜 머리는 아닌 거 같어. 바짝 공부하면 들어갈 수 있겠더라니까?

아 그런데 선생님이 원서를 써줘야 말이지. 혼자 끙끙 앓고 있는데 아버지가 어떻게 그 사

실을 아셨는지 학교로 찾아가 담판을 지으셨다는 거야.

"떨어지고 말고는 병수 몫이니까 도장만 찍어주면 될 일이지 안 써줄 건 뭐여?!"

이러시면서 교장 선생님을 앉혀두고 호통을 쳤다나 뭐라나. 그래서 어찌어찌 접수하고 벼락치기로 열심히 공부해서 시험을 쳤어. 결과는 합격.

병수가 전주 북중에 합격했다니까 학교며 마을이며 발칵 뒤집혔지. 다들 당연히 떨어질 거로 생각했거든. 나도 그랬으니까.

우리 막둥이가 해냈다고 아버지가 한 3일 잔치를 열어줬어. 동네 사람들, 유지들이랑 면사무소 직원들, 선생님들까지 다 불러서 술 내고 돼지 잡고 떡 돌리고. 당시엔 장원 급제한 거나 마찬가지였으니까. 세월이 많이 흘렀지만 어머니랑 아버지가 참말로 행복해하시던 얼굴이 지금도 생생해. 그때처럼 내가 가족들에게 뿌듯함을 안겨준 적이 없었어.

이후로는 하는 일마다 고꾸라져서 그날 같은 화려한 영광은 누려보질 못했는데 이렇게 늘그막에 할담비로 뜰 줄이야. 지난 6월엔 전주고·전주북중 개교 100주년 기념이라고 모교에서 초청해줘서 서울에 사는 동문들이랑 리무진 버스 타고 가서 축하 공연도 했다니까?

　이제는 함께 기뻐해 줄 부모 형제도 없고 막내 형님과 누님 세 분만 살아계셔. '엄니 아부지, 병수가 금의환향했어요. 학교를 빛낸 자랑스러운 동문이래요.' 하늘에서라도 막둥이 보면서 흐뭇해하시려나. 내일모레면 팔십인데 아직도 부모님만 떠올리면 애마냥 눈물이 난다니까.

멀어지는 친구들

　우리 집은 부족함 없이 살았지만 그 시절은 대부분이 가난했어. 우리는 쌀밥을 먹는데 마을 사람들은 보리밥도 제대로 못 먹었으니까. 끼니 때울 게 없으면 아이들은 논밭에 나가서 풀떼기나 씨앗을 거둬다 볶아 먹고 그랬거든.

　그 시절 가난한 이웃이 찾아와도 어머니는 문전박대하는 법이 없었어. 놀러 왔든 일거리를 얻으러 왔든 배곯은 기색이 보이면 상을 차려내고 돌아갈 땐 넉넉하게 음식을 싸주곤 하셨지. 평소 어머니가 베푸는 모습을 보고 자란 영향일까. 나도 못 사는 친구들을 집에 데리고 와 자주 밥을 먹이곤 했어. 뻐기고 선심 쓰고 그런 게 아니라 나는 잘 먹지만 친구들은 못 먹으니까 당연히 있는 놈이 베푸는 거라고 생각했지. 그래서 그런가, 친구들이 나를 좋아하고 잘 따랐던 거 같은데, 그 좋았던 사이도 내가 중학교 입학하고 나서는 금이 가기 시작하더라구.

내가 다니던 국민학교는 반이 딱 두 개였는데 120명 통틀어서 중학교에 진학하는 아이가 나까지 딱 둘밖에 없었어. 다들 국민학교도 간신히 졸업하던 시절이었으니까. 그마저도 남자나 해당하는 얘기지, 여자들은 무학도 많았어. 배움의 기회나 커서 뭐가 되겠다는 꿈을 가지는 데 있어선 여자가 남자보다 훨씬 불행했지.

친구들 상황도 별반 다르지 않았어. 자기들도 가고는 싶은데 형편상 갈 수가 없으니 혼자 중학교에 진학한 내가 얼마나 부럽고 미웠겠어. 그래도 함께 뛰어다니고 어울린 정이 있지, 나를 예전 같지 않게 대하는 친구들의 냉대가 그땐 얼마나 서운했는지 몰라. 전주에 있는 형님댁에서 신세 지다가 방학 때 고향 집에 돌아왔는데, 반겨줄 줄 알았던 친구들이 서로 짠 듯이 서먹하게 구는 거야. 그래도 중학교 1, 2학년 때는 "왔냐." "어

찌 지내냐." 말이라도 주고받았는데 3학년쯤 되니까 인사를 해
도 사람을 본둥만둥 하니 무진장 상처 되더만. 한 친구는 내 등
을 토닥이면서 "니가 이해해라잉?" 그랬지만 동네 애들 숫자
가 얼마나 된다고. 고작 네다섯인데 그 애들이 다 멀어졌어. 결
국 고등학교 가서는 완전히 남이 됐지.

　그때는 나도 사춘기라서 친구들이 나한테 그러는 게 많이 서
운했지만 이제는 걔들 마음을 알 것 같아. 내가 포기할 수밖에
없는 걸 누구는 아무렇지 않게 누린다면 곁에서 보고 있기가 얼
마나 힘들겠어. 그러지 말자면서도 마음이 안 따라줬겠지. 나는
그런 상실감을 스무 살을 훌쩍 넘어서, 우리 집이 기울고 나서야
조금씩 알게 됐어. 늦둥이라 그런가? 뭐든 많이 늦더라고 내가.

빤찌 클럽과 중앙동파

　거짓말처럼 명문 중학교에 들어가긴 했지만 공부가 체질은
아니었어. 공부보다는 운동이 훨씬 좋았는데, 학년이 바뀔 때마
다 운동부에서 서로 데려가려고 할 정도로 운동신경이 좋았지.

종목은 구기 종목을 중심으로 두루두루 잘했던 거 같아. 처음 두각을 나타낸 게 핸드볼인데, 그때는 송구라고 불렀어. 전국적으로 핸드볼 붐이 일었는데 3학년 땐 전국 대회에 나갈 정도로 실력이 좋았지.

전주 시내에서 1,200명이 참가하는 중·고등부 마라톤 대회에선 2등을 하고 상금으로 운동화 한 켤레를 받았어. 수구도 배운 적이 있는데, 몸이 물속에 잠긴 상태에서도 이중 점프 모션을 해내는 거의 유일한 선수였지. 아무튼 운동은 농구, 배구, 탁구 가리지 않고 다 잘해서 오히려 하나를 파지 못했는데, 대학 가서는 체격이 좋다는 이유로 미식축구부에 발탁됐다가 선배들한테 오지게 맞고 그랬어.

그러다 보니 자연스레 공부하고는 담을 쌓게 되면서 중고등학교 내내 클럽 활동을 하게 됐지. 클럽이라는 게 요즘처럼 어디 가서 춤추고 그러는 게 아니라, 좀 논다 하는 애들이 모여서 그룹을 짓는 거야. 우르르 몰려다니니까 불량 서클처럼 안 좋게 보는 사람이 많았지.

그래도 나는 애들 돈 뺏고 해코지하는 학생은 아니었어. 하지만 불량한 친구들과 어울린다는 이유로 선생님들한테 오지게 맞고 정학도 한 번 당하고 그랬지. 덕분에 선생님들 눈에 단단히 찍혀서 전주 북중 학생 태반이 자동으로 진학하는 전주고등학교로 진학을 못 하고, 불교 신자인데도 엉뚱하게 미션스쿨인 전주신흥고등학교에 가야 했어.

뭐, 어디서든 정신 차리고 제 할 일 하면 그만이지만 북중의 지병수가 들어왔다는 소문이 입학 첫날부터 학교에 파다했어. 사실 중학교 때 클럽 활동도 자의 반 타의 반으로 한 거거든? 사촌 형들이 전주 일대에서 주먹으로 날렸기 때문에 클럽 애들이 나를 포섭하려고 그렇게 공을 들이는 거야. 고등학교 가서는 정신 차리려고 했는데 또 주변에서 가만 놔두질 않는 거지. 그래서 어찌어찌 들어간 게 빤찌 클럽이야. 빤찌는 요즘 식으로 발음하면 펀치. 한마디로 주먹 좀 쓰는 애들의 모임이라는 뜻인데, 무시무시하라고 지은 이름이 본의 아니게 웃기지?

명색이 빤찌 클럽이다 보니 주먹 내세워야 할 일이 가끔은 생겼어. 왜 영화 같은 데 나오잖아. 나는 짱은 아니었고 주로 뒤에서 분위기나 잡아주는 비주얼 담당이었어. 또래보다 키도 크고 몸무게가 85킬로그램이나 나갔기 때문에 웃지만 않으면 (그게 제일 힘들었어) 아이들이 알아서 피해갔으니까.

언니면 금물도 업다이나

학교에 클럽이 하나가 아니었기 때문에 종종 자웅을 가려야 할 때가 있었는데, 그럴 땐 양쪽 대표가 나서서 일대일로 뜨는 거야. 나는 덩치와 달리 성격이 순해놔서 주먹 몇 대 맥이고 바로 "이제 그만 허자잉?" 하는 쪽이었어. 맛뵈기 주먹 몇 번만 오가도 승패는 예측 가능한 법이니까. 요즘 애들 싸우는 거 보면 무척 잔인하잖어? 우리 땐 그런 건 없었어.

고등학교 졸업하고는 잠시 중앙동파에 들어갔어. 중앙동파는 빤찌 클럽의 성인 버전이라고 보면 돼. 당시 전주 시내엔 중앙동파, 오거리파, 정류장파 이렇게 세 조직이 유명했거든? 서로 견제하는 사이였지만 중앙동파는 다른 둘과 격이 좀 달랐지. 오거리파와 정류장파가 역전과 버스에서 삥이나 뜯는 양아치들이었다면 중앙동파는 경제적으로 좀 여유 있는 애들이 모여 그런가 특유의 가오가 있었거든. 품위라고 하면 좀 웃기지만 직접 힘자랑하지 않고 그냥 기세로 누른달까. 노는 물이 다르니 걔들은 우리한테 덤비지를 못했지. 내가 몸담았던 곳이라고 너무 포장하는 거 아니냐고? 아니라고는 말 못 해. 그래 봤자 하는 짓은 자기 구역에서 대장 놀이하던 건달이었으니까. 으허허허허~

지리산 간첩 사건

학창 시절 잊을 수 없는 사건이 하나 있어. 열일곱엔가, 친구 여섯이서 여름에 지리산으로 무전여행을 갔을 때야.

늘상 도랑에서 가재나 잡다가 이번 여름엔 특별한 추억 하나 만들어보자 해서 먹을 거 대충 챙겨서 무주로 떠났어. 지금에야 길이 좋아져서 차로도 올라갈 수 있지만 그때는 길이 말이 아니었지. 산길이 험해서 꼭대기까지 가려면 한 이틀은 가야겠더라고. 처음엔 으쌰으쌰 했는데 나중엔 지쳐서 여섯 명이 말도 없이 주구장창 걷기만 했어. 중간에 사람이라도 마주치면 정상이 얼마나 남았냐, 민박집이 있냐 물어보면서.

온종일 산을 탔는데도 반절이나 올랐을까? 중턱에 절도 있고 등산객을 위한 쉼터 같은 게 있더라고. 거기서 하루 묵기로 하고 밥을 지어먹고는 배도 부르겠다 다들 곯아떨어졌지. 근데 밤중에 누가 막 흔들어 깨우는 거야. 정신을 차려보니 순경들이야. 간첩 신고가 들어왔으니까 당장 서로 가재. 말 그대로 진짜 자다가 봉창 두드리는 소리지. 누구더러 간첩이냐, 우린 전주에서 온 학생들이다, 아무리 얘길 해도 들어주질 않는 거야.

이 중에 내가 누군지 나도 몰러

꼼짝없이 붙들려서 조사받으러 끌려갈 수밖에.

알고 봤더니 산길에서 마주친 사람 중에 누가 우리를 신고한 거야. 아마도 민가에서 만난 부부 같더라고. 친절하길래 뭐 먹을 것 좀 얻을 수 있냐고 물었거든? 광에서 감자 몇 개 내줘서 좋다고 받아왔더니 우릴 북에서 넘어온 간첩으로 알았나 봐. 멋부린다고 사복에 모자까지 쓰고 있어서 그 사람들 눈엔 영락없이 수상한 남자들로 보였는지 알 게 뭐야.

힘들게 올라간 산을 그렇게 허무하게 하산했어. 조사하니까 학생 신분이 다 나오잖아. 그래도 혹시 모르니 학교에 전화해서 확인하겠다는데 다행히 방학이라 전화를 안 받더라고. 받았어 봐, 말썽꾼들이 또 사고 쳤다고 괜히 찍혔겠지. 지금이 어떤 시댄데 학생복도 안 입고 산을 타냐며 다음부터는 입산할 때 신분을 미리 밝히라면서 풀어주데.

서에서는 풀려났는데 힘들게 오른 산을 다시 처음부터 오를 생각을 하니 어째 맥이 탁 풀려. 그렇다고 큰맘 먹고 왔는데 이대로 돌아갈 수도 없고. 결국 다시 오르긴 했는데 일정상 정상은 못 찍고 돌아와 버렸지. 그놈의 간첩 신고만 아니었어도 계획대로 지리산 정상을 밟을 수 있었을 텐데. 그래도 절대 잊지 못할 여름방학 추억 하나는 만든 셈이니 애초의 목적은 달성한 건가?

병수야, 너는 뭘 좋아허냐?

우리 집안에 대학 간 사람이 없어서 내가 사명감이 있었다고 얘기했지? 그런데 노는 애들이랑 어울리고 운동하기 바빠서 공부를 너무 소홀히 해버렸어. 형님들이 너 그렇게 하면 대학 못 간다고 엄포를 놓으셔서 뒤늦게 정신 바짝 차리고 대입 준비에 들어갔지.

그런데 대학은 둘째 치고 어떤 과를 선택해야 할지도 모르겠더라. 그냥저냥 살아와서 그런가, 앞으로 내가 뭘 하면 좋을지 생각을 않고 산 거야. 가만, 병수야, 너는 뭘 좋아하냐? 스스로에게 한번 물어봤지. 나는 스포츠에 만능이었지만 그중에서도 유도가 좋았어. 한 2년 배웠는데 유도는 배울수록 재밌고 끌리더라고. 그래서 유도로 대학을 가고 싶다고 했더니 아버지가 그러시는 거야.

"그런 거 배워서 뭐하냐. 너도 형들처럼 깡패 되려고 그러나?"

내가 불량한 애들이랑 어울려 다니니까 애초에 싹을 잘라버리고 싶으셨던 게지. 아부지도 참. 유도가 무슨 패싸움 갈차준다요? 차마 입 밖으론 말 못 하고 속으로만 그렇게 대들다 말았어.

유도를 접고 다음으로 떠오른 게 춤이었어. 어릴 적부터 어머니가 창을 하거나 춤을 추시면 나는 그 모습이 그렇게 좋을 수가 없었거든. 내가 춤 좋아하고 노래 좋아하는 건 다 어머니를 닮아서 그런가 봐. 자연히 한국무용에 관심이 있었는데 티를 낼 순 없었어. 오늘날의 지병수를 생각하면 이상할 것도 없지만 그땐 남자가 무슨 무용이냐며 단박에 다리 몽둥이 부러질 일이었으니까.

입시를 앞두고 나서야 조심스럽게 부모님께 무용과에 가고 싶다고 말했어. 반응이야 유도 때보다 더했지. 고추 떨어질 일 있느냐고, 집안 망신시키지 말고 공부나 열심히 하래. 평생 고분고분 살아온 놈이 별수 있어? 그 흔한 반항 한 번 못 해보고 "예, 아부지." 하면서 마음을 접었지. 내 끼나 적성은 일찌감치 그쪽을 가리켰는데 그때는 그걸 밀어붙일 확신이 없었거든.

에라 모르겠다, 그냥 남들이 선호하는 과, 부모님도 기뻐하시고 형님들이 자랑스러워할 만한 과를 가자. 그래서 중앙대 경영학과에 지원했는데 보기 좋게 떨어지고, 2차에서 한양대 무역학과에 합격했지.

그렇게 해서 병수는 집안 최초의 대학생이 됐다 이거야. 그런데 그게 나를 행복하게 하지는 못한 거 같아. 집안이 많이 기울어서 결국 졸업도 못 했지만, 그보단 내가 원하는 길을 가지 않아서 그런가 재미도 목표 의식도 없이 그냥저냥 이십 대를 살았으니까.

4282.12.5.

지금 생각하면 그때가 제일 후회가 돼. 나는 내가 뭐를 좋아하는지 정도는 진즉에 알았던 거 같은데, 그걸 대수롭지 않게 여기고 쉽게 양보하면서 남의 뜻을 따라 살았던 거야. 그때는 그게 효도고 나도 잘되는 길이라 여겼지만 나를 행복하게 하지는 않더라는 거지. 그 결과 이십 대를 방황하며 살았어. 말이 좋아 방황이지, 그냥 시간을 낭비하며 산 거지. 남이 꽂아준 회사에서 시키는 일이나 하면서. 나는 그게 방황인지도 몰랐어. 재미는 없지만 무난하게 살고 있다고 생각했지.

지금 돌아보면 이십 대의 지병수는 젊기만 젊었지, 참 멋없고 생각도 없었어. 그래서 나는 이십 대가 그립지도 않아. 좀 늦었어도 꿈 찾아 물 만난 물고기처럼 활개 치고 다녔던 사십 대가 최고 좋았지.

공동경비구역 JSA

대학교 2학년 때 영장이 나왔어. 우울했겠다고? 아니. 수업은 도통 무슨 소린지 귀에 안 들어오지, 체격 좋다고 발탁된 미식축구부에선 맨날 선배들에게 얻어터지는 게 일이었거든. 무슨 대학 생활이 요렇다냐. 얼마나 대학 생활이 지겨웠으면 영장이 다 반갑더라구. 휴학계를 내고 냉큼 머리 깎고 군대로 도망갔지.

논산훈련소 28연대에선 유도를 배워놓은 덕에 훈련소 생활이 수월했어. 운동을 좀 배워두니 여러모로 좋은 대우를 받았는데, 나중엔 수색부대로 배치받아 자대 생활도 좀 편했지. 편해 봤자 군대는 군대지마는 수색부대는 그 위상이 남달랐거든. 군인 월급이 100원일 때 우리 부대는 600원을 받았으니까. 자그마치 여섯 배. 지금은 600원으로 껌도 못 사 먹지만 당시엔 제법 큰 돈이었어. 비록 다 돈으로 주진 않고 음식으로 바꿔줬지만 그래도 아무나 누릴 수 없는 호사였지. 그만큼 우리 부대가 중요한 임무를 맡았기 때문이지만.

내가 속한 3사단 수색 중대는 북한과 맞닿은 삼팔선 최전방을 마크했어. DMZ라고, 일명 비무장지대에서 북한군들의 동태를 감시하는 게 우리 부대의 주 임무야. 남북 이념 대립이 심하던 때니까 얼마나 중요한 임무였는지 감이 오지?

영화 〈공동경비구역 JSA〉를 본 사람은 알 거야. 개들이 갈대

밭에서 지뢰 찾기 하고, 접경 지역에서 야간 보초 서다 졸고, 북한군과 교류도 하고 그러잖아? 우리가 하는 일이 똑 그랬어. 그중에서도 가장 기억에 남는 건 북한군과 만나서 교류했던 거야. 영화에서 송강호랑 이병헌이가 부사수들 거느리고 같이 만나던 장면 알지? 그걸 무슨 회담이라고 불렀는데 정확한 명칭은 생각이 안 나. 자주 있는 일은 아니고 4, 5개월에 한 번씩, 총 다섯 번인가 교류했을 거야. 만날 시기가 되면 북측에서 무전기로 연락이 와. 내가 무전 담당이었기 때문에 북한군의 교신을 가장 먼저 받아 상부에 전달하고 그랬으니까.

회담이 성사되면 영화 속 장면처럼 북한군과 우리 군이 서로 마주 보고 쭉 나열해 앉아. 서로의 체제에 대해 자랑하고 떠보는 자린데 "우리는 군대 생활이 이렇게 편하다. 너네는 어떠냐?" "우리는 맨날 고깃국 먹고 나라에서 일당까지 나온다. 너넨 밥이나 제대로 먹냐?" 뭐 이런 식이었지.

말은 주로 중대장급이 주도하고 짬밥 안 되는 나 같은 애들은 말을 거의 안 해. 우리 측보다 북한 애들이 훨씬 말이 많았는데 걔들이 막 질문을 쏟아내면 우리는 방어적으로 대답만 하는 식이야. 우리가 아무리 밥 잘 나오고 월급도 준다고 얘기

해도 걔들은 믿지를 않으니까. 그런 식으로 상대를 떠보다가 각자 갖고 온 걸 앞에다 풀어놓고 본격적으로 물물교환을 해. 이게 말하자면 회담의 하이라이트인 거지.

걔들은 주로 먹을 걸 가져왔어. 명태나 소주, 평양 담배 같은 거. 근데 우리는 걔네가 가져오는 음식엔 잘 손을 안 댔지. 그도 그럴 것이 40도가 넘는 소주를 어떻게 마시겠어. 그냥 지들이 가져온 음식 지들이 열심히 먹는 거야. 오랜만에 배 채우는 날인 거지. 우리는 평소에 얼마나 못 먹으면 저럴까 하면서 그냥 지켜봤어. 측은하기도 하고 우월감도 느끼면서….

우리가 내놓는 건 주로 담배나 신발이야. 북한 애들이 특히 환장했던 게 우리 군화였지. 그 회담을 할 때마다 좀 짠했던 게 북한군 행색이 말도 못 하게 초라해. 우리 애들은 혁대의 버클이고 신발이고 번들번들하게 윤을 내서 만나거든? 근데 걔들은 하나같이 삐쩍 곯아서는 맞지도 않는 신발에 자기 키만 한 장총을 매고 와. 지들이 맨 총하고 어쩜 그렇게 닮았는지, 살찐 군인이 한 명도 없더라구. 같은 민족인데 선 하나만 넘으면 저렇게 살고 있구나, 안쓰럽지. 말은 기고만장하게 해도 걔들도 우리 행색이 부러운 건 숨기지를 못해. 버클이랑 군화 하나 얻으려고 그렇게 사정을 해서 나도 몇 개 구해다 주고 그랬어.

개들하고 쭉 만나다가 제대 6개월 정도 남았을 때 일이 터졌어. 이북에서 쏜 총에 우리 군인이 죽고 우리도 반격하는 사건이 있었는데 그 후로 아예 회담이 중단되더라고.

우리 쪽 군인 하나가 월북하는 일도 있었어. 전북대 학생이었는데 최전방 근무하러 나가서는 돌아오질 않는 거야. 사귀던 여자가 고무신을 거꾸로 신었다나 어쨌다나 말은 도는데 유서 한 장 없으니 어디서 얼어 죽은 건 아닌지 구덩이에 빠진 건 아닌지 근 일주일을 찾아다녔네. 근데 얼마 뒤에 북에서 방송이 나오더라고. 중대장 이름이랑 친했던 전우들 이름을 하나하나 부르면서 자기 신원을 밝혀. 나는 아무개다, 북에 오니까 이렇게 호화로울 수 없다, 남에서보다 훨씬 잘 먹고 있다, 그런 내용이야. 똑같은 내용으로 한 20일 방송하더니 나중엔 잠잠해졌지….

하여튼 그 사건 이후로 교류가 아예 끊어졌어. 헤어질 때마다 중대장들끼리 하는 인사가 "다시 만납시다."였는데…. 세월이 많이 흘러서 〈공동경비구역 JSA〉를 보는데 그때 생각이 많이 나더라. 그때는 역사의 한가운데 있으면서도 그걸 몰랐어.

2장 병수 어렸을 적에

나이를 먹고 나니까 인생에 굵은 획이 그어진 몇몇 대목이 있
더라고. 요즘엔 기억력이 정말 예전 같지 않은데도 그런 기억
은 오히려 또렷해서 잊히지도 않아. 그 꼬챙이 같던 북한군들
은 지금도 살아있을까?

3장

병수의 오늘

기부는 즐거워

〈전국노래자랑〉 방송이 나가고 얼마 안 돼 종로노인복지관에 유재석이하고 조세호가 찾아왔어. 문제를 맞히면 상금 100만 원을 주는 퀴즈 프로를 찍으러 왔대. 국민 MC 유재석을 우리 복지관에서 보게 될 줄이야. 몰려든 주민들과 촬영 스태프들이 복지관 앞마당에 진을 쳤어.

내가 〈미쳤어〉로 떴지만 〈러비더비〉〈흔들려〉〈아브라카다 브라〉〈쏘리쏘리〉도 마스터한 사람이야. 복지관 앞마당에서 즉흥으로다 몇 곡 선보였더니 갸 둘이서 내 동작을 따라 하고 아주 난리가 났어. 그래 봤자 노인네가 실룩대는 수준이지만 발 동동 구르면서 깨방정을 떨어주니 기분은 좋더라구. 본격적으로 자리를 잡고 앉았더니만 유재석이가 묻는 거야.

"유 퀴즈?"

문제 풀기에 도전하겠느냐 이거여. 공부 안 한 지가 반백 년이 넘었지만 객관식이라니까 모르면 찍지 뭐. 예쓰.

근데 문제가 처음부터 너무 어렵더만. 미국 어디에서 뽑은 보안에 취약한 최악의 암호를 맞히라는데 그걸 내가 어떻게 아냐고. 내 평생 암호라는 건 은행 창구에서 누르는 네 자리 숫자가 단데. 에라 모르겠다, 3번으로 찍었는데 2번이 정답이래. 2번 하려다가 3번 고른 건데 첫 문제부터 탈락을 해버렸네.

재미로 시작한 거지만 이 나이에 땡 소리 들으니까 쪼매 민망해. 방송국 사람들도 미안했는지 그냥 안 가고 추첨해서 선물을 준다데? 나더러 직접 뽑아보라 해서 아무거나 손에 잡히는 놈으로 쑥 집었더니 유재석이가 입을 못 다물어. 세상에, 컬러 TV가 나왔네? 제일 안 나오는 상품을 운 좋게 내가 뽑았다고 다들 얼마나 좋아하던지. 갸들은 이상해. 막 주고 싶은가 봐. 보통 비싼 놈 나오면 아까워하는데 좋은 놈 나오라고 막 고사를 지내더라니까?

현장에 와있던 큰 차에서 TV를 바로 내려주는데 아따 엄청 커. 55인치. 180만 원짜리랴. 내가 그걸 그 자리에서 복지관에 기부했어. 다들 눈이 똥그래져서는 그럴 거 없다고 할아버지 하시라는데 정답을 맞힌 것도 아니고 100% 운으로 탄 건데 그게 어디 내 덕인가.

복지관에 기부하고 나니까 기분이 그렇게 좋아. 입이 귀에 걸려 안 내려오더라고. 집에 돌아와서 우리 둘째 양아들한테 얘기했더니 아들이 그래.

"에이, 아버지도. 광고료 500만 원 기부하셨으면 됐지. 뭘 TV까지 하셨어요. 그런 건 그냥 아버지 가지셔도 돼요. TV도 오래됐으면서…."

일전에 롯데홈쇼핑 광고 찍고 받은 돈 500만 원을 전액 복지관에 기부했거든. 하기야 우리 집 TV가 오래되기는 했어. 산 지 10년 좀 넘었는데 요즘엔 좀 맛이 가서 리모컨을 누르고 5분 있어야 전원이 들어와야. 그래도 한 대 툭 치면 정신 차리고 채널 돌아가니까 나는 우리 집에 TV 달 생각은 못 했지.

지금도 나는 복지관에 기부한 거 하나도 안 아까워. 복지관

나는 기부할 때 기분이 젤로 좋아

에서 추천해주고 열심히 도와줘서 내가 〈전국노래자랑〉도 나가고 인기상도 탄 거니까. 이후로도 방송에 나가서 출연료 타면 조금씩 떼서 복지관에 또 기부하고 그랬어. 30만 원 받으면 15만 원 기부하고, 10만 원 받으면 5만 원 기부하고. 그냥 그러고 싶더라구. 딴 거 없어. 이 나이에 벌어서 남에게 도움 되는 거, 그게 요즘 내 보람이고 제일 큰 낙이여.

나는 기초수급자였다

작년 4월까지만 해도 나는 기초수급자였어. 지금은 수입이 생기는 까닭에 수급 대상에서 제외되고 국가로부터 받는 돈은 만 65세 노인들에게 주는 기초연금 30만 원이 전부야. 불과 몇 개월 전까지만 해도 수도세나 전기세 감면 혜택이 쏠쏠했는데 이제 그런 건 죄다 사라져버리고 줄곧 공짜였던 건강 보험료도 내고 있지. 수입이 있으니 세금 내는 거야 당연한 거고, 지원받는 신세에서 세금을 낼 수 있는 형편이 된 게 감사하면서도 '이건 좀 아닌 거 같은데?' 싶은 부분이 하나 있어. 기부에

관한 거야.

내 생각에 기부는 아주 좋은 일이고 그래서 사람들이 더 쉽게, 기분 좋게 기부할 수 있는 여건이 조성돼야 한다고 보거든? 수천만 원, 수억 원 하는 기부도 훌륭하지만 나처럼 10만 원, 100만 원 하는 기부도 엄연한 기부니까. 꼭 돈이 아니라도 물건을 기증하는 것도 일종의 기부이고 말이야. 나 같은 서민도 얼마든지 자신들이 할 수 있는 방식으로 남을 도울 수 있도록 독려하고 기부자의 마음을 알아주는 사회 분위기가 중요하다 이거지.

내가 기부하면서 아쉬웠던 것은 기부자에게 별다른 세금 혜택이 없다는 거였어. 기초수급자에서 제외됐을 때 공무원이 우리 집에 와서 이런저런 수입을 잡더라구. 그래서 내가 돈이 얼마만큼 들어왔지만 그중에 얼마는 기부했고, 상품으로 탄 TV도 기증했다고 하니까 그 공무원이 그러는 거야.

"할아버지, 세금과 기부는 아무 상관이 없어요."

그려? 세금과 기부가 아무 상관이 없어? 그렇다고 하니 그런 거겠지만 왜 그런지는 지금도 모르겠어. 혹시 내가 뭘 몰라서 혜택을 받을 수 없는 방식으로 기부했을 수도 있고, 아니면 금액이 적어서 혜택을 받을 정도는 아닐 수도 있겠지. 중요한 건 나라가 기부를 독려하고 기부자의 기를 살려줘야 하는데 뭔가 잘못됐다 이 말이야. 내 딴에는 사회에 목돈(나한텐 큰돈이니까)을 기부할 수 있어서 너무 기쁘고 뿌듯했는데 담당 공무원의 무뚝뚝한 답변이 찬물을 끼얹는 격이었달까. 그 사람이야 자기 영역이 아니라서 그냥 사무적으로 대응했을 수 있지만, 솔직히 나한테는 "할아버지가 좋아서 해놓고 왜 이제 와서 세금 타령이세요?"로 들렸거든. 말이라도 좀 따뜻하게 "할아버지, 그건 이래서 그런 거예요." 하고 설명해줬다면 좀 좋았을까?

특별한 인연의 시작

2019년 4월에 내 이야기가 5부작 다큐멘터리로 제작돼 KBS 〈인간극장〉에 나왔어. 그 방송을 본 사람은 알 테지만 평생 독신으로 산 나에겐 양아들이 둘이나 있어. 30년 지기 첫째 김영, 20년 지기 둘째 홍민기.

첫째는 내가 사십 대 시절, 아는 후배가 운영하는 이태원의 업소 일을 돕고 있을 때 만났어. 후배가 데리고 있는 애들이라며 몇 명을 인사시키는데, 그중 제일 앳된 아이가 바로 첫째였지. 걔가 그때 열아홉, 스물이나 됐을까? 술 한 잔씩 하며 살아온 이야기를 하는데 곱상하게 생긴 녀석이 어쩌다 사고를 쳐서 소년원에 갔다 왔다는 거야. 고등학교 졸업하자마자 그렇게 돼서 딱히 할 수 있는 일도 없는지, 그 바닥 생활을 벗어나질 못했어.

그 뒤로도 식사 대접 하고 싶다고 몇 번 나를 찾아왔는데 인연이 되려고 그랬는지 자꾸 짠하고 정이 가더라구. 내가 일찍 결혼했으면 똑 그만한 아들이 있어도 이상할 게 없는 나이잖아. 그때부터 술 사주고 밥 사주고 용돈도 쥐여주면서 마음 가는 대로 돌봐줬지.

첫째는 전남 강진이 고향인데 가족 이야기도 많이 했어. 어느 날 부모님께 내 이야기를 했더니 고마운 분이니 집에 한번 모시고 오라고 했대. 가서 만나보니 걔 부모하고도 잘 통해서 몇 번 내려가기도 하고 전화로 안부를 묻는 사이가 됐지. 부모가 나보다 서너 살 아랜데 아버지는 몇 년 전에 돌아가셨고, 어머니는 지금도 해마다 멥쌀, 햅쌀, 콩 같은 걸 챙겨 보내줘.

"그 일에서 손 떼라. 니 체격에 니 인물에 뭘 못하겠냐?"

기회 될 때마다 잔소리를 좀 했더니 어느 날 뜬금없이 "아버지처럼 모실게요." 그러더라. 허, 듣기 싫어하는 줄로만 알았는데 지 생각해서 하는 말이라는 걸 안 모양이야.

"이놈아, 아버지같이 모시는 게 문제가 아니라 너 살길이나 잘 알아봐라."

말은 그렇게 했지만, 그날 이후로 흔치 않은 아버지와 아들 사이가 됐지.

잘나갈 땐 통 크게 아빠 찬스

내가 경제적으로 좀 여유가 있을 때였어. 첫째가 차가 필요한 눈치야, 저도 사회생활 하려니 이것저것 갖추고 싶은데 아직 능력이 안 되잖아. 고향 집에 손을 벌릴 순 없으니 만날 이 떻게 하면 차를 살까 궁리만 하더라고. 나도 뚜벅인데 어린놈이 벌써부터 무슨 차냐 싶다가도 그 나이에 하고 싶고 갖고 싶은 게 얼마나 많을까 이해는 돼. 나도 젊을 때가 있었으니까.

이삼일 고민하다 애를 데리고 강남에 있는 자동차 판매점에 갔어. 그때가 80년대니까 프린스가 처음 나올 때거든? 당시엔 제일 좋은 차였지. 400만 원 좀 안 됐는데 지금 물가로 치면 0이 하나 더 붙을 거야, 아마. 나한테도 큰돈이었지만 내가 집은 못 사줘도 차는 사줄 수 있겠더라고. 큰맘 먹고 하얀색 프린스를 6개월 할부로 사줬지.

"안전하게 몰아라."

무리는 했지만 큰 선물을 받으니까 애가 너무 좋아하더라고.

이게 그때 내가 사준 프린스

그 모습 보니 나도 흐뭇하고. 나는 온전한 부모는 못돼 봐서 잘은 모르지만 그런 맛에 자식 키우는 게 아닐까 그런 생각을 했어.

어쩌다 육아까지

첫째는 다행히 좋은 여자를 만나 결혼해서 자리를 잡고 잘 살아. 중학생 아들이 하나 있는데, 내가 요 녀석 태어나고 한두 살 때부터 유치원 들어갈 때까지 업어 키웠지. 누가 부탁한 것도 아닌데 부부가 맞벌이라 애를 돌봐주면 좋을 거 같아서 하루 이틀 하다 보니 그렇게 된 거야.

며느리가 출근하는 시간 맞춰 양아들네 갔다가 퇴근할 때까지 아이 먹이고 닦이고 산책하다 보니 아파트 단지에 소문이 자자했어. 저런 할아버지 첨 본다나. 이웃들은 내가 친할아버지가 아니란 걸 알고 있었는데 하여간 그 사람들 눈에도 내가 유별나 보인 모양이야.

우리 손주로 말할 것 같으면 갓난아기 때부터 얼마나 순하고 사랑스러웠는지 몰라. 태어난 지 얼마 안 돼 눈을 맞추고 웃는데 내가 니 할애비다 소리가 절로 나오더라구. 피는 섞이지 않았지만 나는 요 녀석을 사랑하겠구나…. 아침에 눈 뜨면 손주 얼굴이 보고 싶어서 저절로 큰아들 집을 향하게 되는 거야.

손주는 잘 자라서 요즘은 제법 예쁜 소리도 할 줄 알아.

"할아버지, 제가 어른 될 때까지 절대 아프지 마요. 취직해서 첫 월급 타면 제일 먼저 할아버지 용돈 드릴게요."

제법이지? 빨리 직업 군인이 돼서 부모 부담을 덜어주고 싶어 하는 앤데, ROTC 가서 장교 되면 첫 월급은 할아버지 주겠다는 거야. 저 어릴 적에 내가 늘상 돌봐준 걸 아는지 그런 신통한 말을 다 해. 말로는 "엄마 아빠가 시키데?" 하고 말았지만 나도 이제 늙었는지 그런 말 들으면 가슴이 뭉클해.

손주 녀석이 학교 들어가고 나서는 매일은 못 가고 월수금 주 3일을 드나들었어. 애랑 놀아도 주고 아이 학원 갈 때까지 청소랑 설거지랑 집안 정리 좀 하고 나오면 그렇게 기분이 개운해. 아들네야 그러지 말라고 하지만 성격이라 어쩔 수가 없어. 방송 나오기 전까지 쭉 그렇게 지내다가 지금은 일이 바빠져서 못 가고 있지. 근 반년을 못 봤더니 첫째가 전화로 그래.

"아버지, 요즘엔 왜 집에 안 오세요? 많이 변하셨어요."

내 사정 다 알면서도 매일같이 보다 못 보니 내심 서운했던 모양이야. 손주 보라도 종종 오라기에 그러마 하고 전화를 끊었지. 니 녀석 얼굴 못 본 지는 한참 됐다만 우리 근이(손주놈 이름이야)는 몇 번 만나 용돈 쥐여주고 왔다, 이놈아.

열아홉 주름 하나 없던 얼굴로 만난 녀석이 어느덧 오십 대 중년이 돼버렸네. 만만할 리 없는 세상에서 가장 역할 하겠다고 혼자 고향까지 내려가 기러기 아빠로 살고 있어. 하지만 저렇게 어리광 부리는 거 보면 그 옛날 나를 찾아와 술 한잔 사 달라던 앳된 얼굴이 생각나.

영아, 너랑 이런 재미난 인연으로 산 지도 30년이 넘었구나. 그런데도 나는 니가 여전히 철부지 같으니 어쩌까나? 너 대신 근이 녀석이 일찍 철이 든 건가? 그래도 아들 하나는 야무지게 잘 키웠다!

미쳤어 이전에 미스터

둘째 양아들 민기는 그 애가 이십 대 후반일 때 처음 만났어. 호텔에서 모임이 있었는데 둘째가 그 호텔 조리사로 일하고 있어서 안면을 트게 됐지. 나중에 친해져서 커피를 한잔하는데 그러더라구. 홀에 나올 때마다 내가 사람들 대하는 모습을 유심히 봤는데 어쩜 그렇게 서비스 마인드가 몸에 뱄냐구. 나 같은 사람 처음 봤대. 나는 어디를 가든 가만있지를 않거든. 이거 먹어라, 저거 먹어라, 뭐 필요한 거 없냐, 왔다 갔다 하면서 챙기는 스타일이야. 윗사람이든 아랫사람이든 친구든 누구한테라도 그래. 그냥 성격이야.

그렇게 몇 년 알고 지냈는데 어느 날 호텔을 그만뒀다며 찾아왔어. 종로에서 고깃집을 한번 해보려고 하니 자기 좀 도와줄 수 있겠냐고. 내가 종로를 잘 아니까 힘닿는 데까지 도와주기로 하고 낙원상가 근처에 송아지 갈비찜 가게를 열었어. 거기서 한 4년 재밌게 장사했지.

나중엔 송해 형님도 단골이 되고 손님들이 알음알음 찾아오는 맛집이 됐지만, 처음부터 장사가 잘된 건 아니야. 인근에 고깃집이 수두룩했고 가게가 2층에 있어서 손님 끌기가 쉽지 않았거든. 그러다 뜻밖의 일을 계기로 입소문을 탔어. 관광지라서 가게에 가끔 일본 사람들이 찾아왔거든? 그날은 일본인 부모랑 아이가 들어왔어. 내가 일본어를 좀 하니까 서빙하면서 요즘 일본에선 무슨 노래를 좋아하냐고 물어봤지. 그랬더니 꼬마 아가씨가 "카라, 미스타!" 그러는 거야. 카라가 일본에서 한창 인기 있을 때였으니까. 그럼 내가 또 가만있을 수 없잖아. 흥부자답게 요래요래 움직이면서 카라의 엉덩이춤 비스름하게 춰줬지.

"라라라라라라라 라라라라라라~"

사람들이 꺅꺅거리고 난리가 났어. 막 스고이데스 이러면서. 아이 부모가 내 사진을 찍어 가더니 나중에 그걸 인터넷에 올렸나봐. 가게 할아버지가 최신곡을 부르고 춤도 춘다, 일본어도 잘한다, 나중에 꼭 가봐라. 그런 식으로 소문이 나서 일본 손님이 많이 찾아왔지. 그런데 한참 장사 잘되고 있을 때 건물이 팔려버린 거야. 둘째가 6천만 원인가 손해 보고 나왔어. 안 그랬으면 혹시 알아? 할담비보다 10년 일찍 '미스터 할배'로 먼저 떴을 줄.

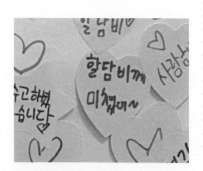

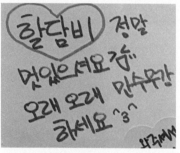

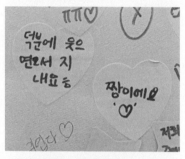

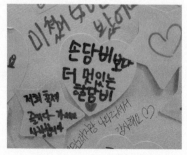

나는 둘째 양아들과 산다

둘째는 집이 안양이라 출퇴근에 시간이 오래 걸렸어. 술을 좋아해서 발동 걸리면 말술을 하는 녀석이라 늦은 귀갓길이 걱정스러웠던 차에 물었지.

"집이 좀 좁아도 나 혼자 사니까 괜찮으면 우리 집에서 같이 지낼래?"

"그래도 돼요?"

그렇게 해서 고깃집 할 때부터 한집에 살게 된 거야. 둘째는 그때까지 나를 형님이라고 불렀어. 아무래도 형님 동생 하기엔 나이 차가 너무 크다 싶었는데 어느 날 그러더라구.

"저희 아버지가 세 살 위세요. 그냥 아버지라고 부를게요."

"아버지 좋다. 그래야 듣는 사람들도 니가 내 아들입네 하지. 무슨 조폭 두목도 아니고 형님은 좀 듣기 그렇잖아?"

둘째 아들이 생기는 순간이었지. 호칭이라는 게 무시할 수가 없어서 형님 동생일 땐 둘 사이에 있던 담이 금방 허물어지더라구. 남자끼리라 한방을 쓰는데 덩치가 산만 한 녀석이 코를 엄청나게 골아서 처음엔 잠을 잘 수가 없는 거야. 그래서 둘째

들어오기 전에 내가 먼저 잠드는 게 낫겠다 싶어 억지로 잠을 청하고 그랬지. 그런데 코골이도 한 1년 정도 지나니까 면역이 생기나 봐. 둘째가 어디 놀러 가서 며칠 집에 안 들어온 날이 있었는데, 진짜 희한한데? 모처럼 푹 잘 줄 알았는데 늘상 나던 소리가 안 나니까 영 잠이 안 오는 거야. 익숙해진 거지. 어쩌다 밖에서 소리가 나면 둘째가 왔나 싶고, 자다 말고 깨서 옆자릴 돌아보고…. 이제는 옆에서 녀석이 자는 얼굴만 봐도 든든하고 의지가 되니 사람 관계란 게 참 묘하지.

둘째네 부모하고도 허물이 없어. 고깃집 문 닫고는 둘째랑 신설동에서 호프집을 열었는데, 개업식 날 개 아버지와 술 한잔하면서 내가 그랬어.

"우리 민기 내가 열심히 도와줄랍니다."

그랬더니 가만 듣고 있던 부친이 버럭 소리를 질러.

"네놈이 우리 아들 뺏어갔지?"

으허허허허~ 그 뒤로 둘째네는 환갑이든 칠순이든 집안에 좋은 일 있을 때마다 나를 꼭 불러. 한 식구 다 된 거지.

금전 관계는 일절 쿨해. 아들이 월세를, 내가 생활비를 내고 가끔 특별한 게 땡기면 "오늘 회나 한 접시 할래?" "치킨에 맥

행복하자~아프지 말고

어느 땐 자식 같고
어느 땐 친구 같고...

좀 별난 상부자

주 한 잔씩 하고 들어갈까요?" 이런 식으로 먹고 싶은 사람이 한턱내는 거야.

각자 사는 게 바빠 자주는 못 보지만, 가끔 영이와 민기, 나 셋이서 술 한 잔씩 할 때가 있어. 지들끼리 서로 형님 동생 하면서 "내가 잘해야 하는데… 아버지 잘 챙겨줘요." 이러면서 제법 훈훈한 말도 하고 그래. 뭐, 어떻게 보면 아버지와 아들 관계라기보다 나이 차 많이 나는 친구 같다는 생각도 들어. 셋 다 철이 아직 안 들어서 그런가?

꼭 혈육으로 맺어진 것만 가족인가? 나는 자석처럼 마음이 가고 발길이 향하는 사람, 없으면 허전하고 자꾸 기다려지는 사람이 가족 같아. 그러니 영이와 민기는 이미 내 가족이지.

마음이 동해야 하는 일

특별한 일이 없으면 나는 오전에 복지관 활동을 마치고 동호 동생네 완구점으로 가. 딱히 하는 일이 있는 건 아니지만 1층에 터를 잡고 지나가는 손님 안내도 해주고 나를 알아보는 분들하고 사진도 찍고 그래. 동호 동생은 집에 들어가 쉬라고 하지만 내가 하고 싶어서 하는 거야. 일이 들어오면 동호 동생이 내 일을 발 벗고 해주니까 한가할 땐 내가 동호 동생의 일을 거드는 거지.

동호 동생네 완구점은 동대문 완구 거리에서 가장 규모가 커. 직원 수만 30명가량 되는데, 모두 나를 스스럼없이 대해줘. 직원들이 퇴근하는 시간까지 함께 있다가 같이 밥도 먹고 회식도 하면서 어느새 한솥밥 먹는 식구가 다 됐어.

3층 건물은 온갖 장난감 상자들로 빼곡해. 뭐가 어디에 있는지나 알까 싶은데 손님이 원하는 물건을 척척 찾아내는 직원들을 보면 신통방통이야. 요즘 아이들은 특별한 날이 아니어도 장난감을 선물 받으니 세상 좋아졌지. 우리 때는 공산품이 많지 않아서 순 자연에서 뒹구는 게 놀이고 일이었는데 말이야.

나도 남하고 나누는 걸 좋아하지만 동호 동생은 사업가라서 그런지 나랑은 차원이 다르게 통이 커. 어린이집이나 보육원 같은 데에 완구 제품을 기부하는데, 저번엔 낙산어린이집에 인형 백 개를 내 이름으로 기부했어. 동생 이름으로 해야지, 왜 내 이름으로 하느냐고 한사코 말려도 "내가 할담비 매니저 아

니유?" 그러고 말더라구.

티 안 나게 좋은 일 많이 하는 사람이지만 어디까지나 마음이 동해서 하는 거지, 대놓고 좋은 일 하라고 하면 안 되는 거야. 그러면 하고 싶던 마음도 거북목 감추듯 쏙 사라지기밖에 더하냐구.

저번에 지방에 있는 어떤 어린이집에서 동호 동생에게 연락이 왔대. 근데 다짜고짜 "여기도 기부 좀 하시오." 그랬다나. 맡겨 놓은 물건 돌려달라는 것도 아니고, 동호 동생이 무슨 자선 사업가여? 같은 말이라도 "우리 애들한테 장난감이 필요하니 기부해주시면 고맙겠습니다." 이러면 얼마나 듣기가 좋아. 그랬으면 되든 안 되든 좋은 말, 좋은 마음이라도 오가지 않았을까?

그 얘기를 듣는데 내가 다 맘이 상해서 동호 동생한테 하지 말라고 그랬어. 상대의 마음은 요구하는 게 아니라 정중히 두드리는 거야. 그걸 그쪽 사람들이 좀 알면 좋겠더만.

계약서에 함부로 도장 찍는 거 아녀

동호 동생은 나보다 열네 살이나 어리지만 추진력 있고 성격이 호탕해서 큰 의지가 돼. 나서는 것도 좋아하고 어디서 빼는 성격이 아니라서 어찌 보면 나보다 더 무대 체질이지. 무엇보다 문제 해결이 남달라. 내가 동호 동생에게 매니저 일을 맡기게 된 결정적인 이유도 그 때문이야.

내가 〈인간극장〉을 촬영하고 있을 때였어. 아따 무슨 촬영을 그렇게 오래 하는지, 새벽부터 밤늦게까지 카메라가 나만 따라댕기는 거야. "저희가 할아버지 귀찮으실 정도로 따라다닐 거예요." 하더니만 그 말이 빈말이 아닌 거라. 막 일어나서 부스스한 얼굴부터, 그냥 물 마시는 장면, 대문 열고 나가는 장면, 시시콜콜한 거 하나까지 얼마나 찍어대는지 내 살다 살다 그렇게 껌딱지 같은 사람들은 첨 봤다니까?

그런데 그것도 오래 하다 보니 정이 드는지, 나중엔 피디 양반한테 모르는 게 있으면 이것저것 물어도 보구 꽤 친해졌어. 매니저도 없이, 여기저기서 섭외 전화가 막 들어오던 때라 내가 아무것도 몰랐거든.

그런데 하필 가는 날이 장날이라고 〈인간극장〉 녹화팀이 촬영을 하루 쉬는 날 그 일이 터진 거야. 피디 양반이 곁에 있었으면 내가 그렇게 쉽게 계약서에 지장을 찍진 않았을 건데….

그날 네 사람이 집 앞에 찾아왔어. 아무개 기획사 직원들인데 자기들이 나를 관리해주겠다고. 대가로 나한테 천만 원을 준다면서 선금으로 500만 원을 미리 넣어줄 테니까 계약을 하재. 다른 데랑은 일절 못 하고 자기네하고만 유튜브를 해야 한다는데, 그때는 그런 거를 일절 몰라서 그냥 그런가 보다 하고 서류에 도장을 찍었지. 그러고 나서 다음 날 피디 양반이랑 동호 동생이랑 만나서 이런 일이 있었다고 했더니 다들 눈이 동그래지는 거야. 그런 거 함부로 하면 큰일 나는데 왜 알아보지도 않고 계약을 했느냐고. 둘이서 한숨을 푹푹 쉬니 그제야 나도 아차 싶더라고.

이제야 하는 말이지만 내가 어릴 때부터 귀가 좀 얇았어. 귀가 얇은 건 둘째치고 사람을 잘 믿는달까. 그래서 살면서 사기도 많이 당하고 그랬거든? 그래도 그땐 털릴 재산이라도 있었지, 이제는 가진 것 없는 수급자 신세인데 여기서 더 안 좋은 일이 일어나면 어쩌나 눈앞이 깜깜한 거야.

불행 중 다행이라면 아직 선금을 받기 전이라는 거. 뭣 모르고 계약은 했지만, 돈을 받은 것도 아니니 동정에 호소하면 되지 않겠느냐며 동호 동생이 묘안을 하나 짜냈어. 기획사 직원들을 불러서는 몸이 아파서 도저히 계약 사항을 이행할 수가 없다고 하소연을 하라는 거지. 내가 이런 집에 월세 산다, 아파서 일도 못 하게 생겼다, 보다시피 가진 거라곤 옷가지밖에 없으니 이거라도 팔아서 위약금을 갚겠다….

방법이 그것밖에 없다는데 어쩌겠어. 마침 내가 그 일로 마음고생이 이만저만이 아니라 잠도 못 자고 온몸이 아팠거든? 가난한 것도 사실이고 몸살까지 났으니 연기고 뭐고 이건 그냥 리얼로 갈 판이야. 그날 밤 직원들을 불러서 사정했더니 난감해하면서 돌아가더라고. 다행히 며칠 후에 문자가 왔는데 계약은 없던 일로 하자면서 몸조리 잘하시래. 나한테 불리한 계약서 쓰게 한 걸 알았을 땐 걔들이 야속하더라만 그렇게 말해 주니 또 고맙더라구. 아무튼 동호 동생 아니었으면 진짜 큰일 날 뻔했지 뭐야. 그러니까 계약서에 뭐 함부로 찍고 그러지 말어. 내가 큰 거 가르쳐줬다?

안녕하세요, 매니저 송동호입니다. 그때는 매니저가 되기 전이니까 그냥 형님 동생 사이였죠.

〈인간극장〉 피디가 어느 날 전화로 저를 좀 보자고 해서 같이 만났어요. 간밤의 계약 내용을 보여주는데 모든 방송 출연, 유튜브, 인터넷, 광고 촬영은 기획사를 통하지 않으면 안 되게 돼 있더라고요. 자세한 건 기억이 안 나지만, 모든 걸 회사 지시대로 따라야 하고 형님한테는 아무 선택권이 없었어요. 형님

계약서 쓰기 3일 전…
니가 시방
쨈 바를 때여?

이야 돈 오백이 귀하니까 덜컥 계약했겠지만, 세상 물정 모르는 노인한테 너무 불공정하단 생각이 들더라고요. 돈 천만 원 줄 테니 회사가 하라는 대로 해야 한다? 상식적으로 말이 안 되잖아요.

그래서 제가 회의를 소집했어요. 구의회 의장님하고 구청 직원, 종로노인복지관 관장님까지 다 복지관에 모셔놓고 상황 브리핑을 했더니 다들 난리가 났죠. 계약 조건이 너무 안 좋은데 도장을 찍어버렸으니 이걸 어쩌나. 구의회 의장님이 변호사를 소개해줬지만 형님은 수임료를 낼 형편이 못 되잖아요. 그냥 봐도 변호사 비용이 3천만 원은 나올 거 같은데 수급자 형편에 그게 쉽나요? 결국 형님이 변호사고 뭐고 다 귀찮다면서 그냥 내버려 두래요. 죽이 되든 밥이 되든 될 대로 되라고. 그래서 제가 작전을 짠 거죠.

일단 그 직원들을 형님댁으로 부르라고 했어요. 형님댁에 가본 적이 있는데 손바닥만 한 주방에 살림살이가 참 옹색해요. 그 형편을 최대한 활용하자. 방에 이불을 엉망으로 깔아놓고 형님 머리를 마구 흐트러뜨리고선 누워계시라고 했죠. 4월이라 으슬으슬한 날씨에 보일러도 안 트니 누가 봐도 영락없는 독거노인이잖아요.

〈인간극장〉을 촬영 중이었기 때문에 방안에는 마이크가 설치돼 있었어요. 대문 밖에 주차한 차 안에서 피디랑 방안의 내용을 엿들을 수 있었죠. 형님이 순수하신 분이라 발연기 하면 어쩌나 걱정했는데 웬걸요. 내일모레 날 받아놓은 사람처럼 진짜 끙끙 앓더라고요. 그 사람들도 황당했겠죠. 다행히 젊은 사람들이 모질지는 않아서, 돌아가서 상의해보겠다면서 일어나더라고요. 며칠 후에 계약 파기 문자를 받았다고 했을 때 다들 얼마나 기뻐했는지 몰라요.

그분들이 딱히 안 좋은 의도로 접근한 건 아닐 거예요. 그 바닥 관행일 수도 있고 그냥 자신들의 일을 한 거겠지만 형님은 노인이라 그렇게 제약이 많으면 버티질 못했을 거예요. 그렇다고 이쪽에서 배 째라고 나오면 그쪽에서도 좋은 마음으로 이해해주진 않았겠죠. 저는 장사꾼이니까 마음을 공략하는 게 최선이라는 결론을 내린 거예요. 형님한테 앞으론 계약서에 함부로 도장 찍지 마시라고 했더니만 어느새 제가 이렇게 매니저 일까지 하고 있네요.

할담비 공식 유튜브 시작

그 후에 유튜브도 시작했어. 전부터 유튜브 해보자고 찾아오는 청년이 있었는데, 나는 그런 거 잘 모르니까 자신 없어 미루다가 동호 동생이 일을 봐주고부터 전적으로 맡긴 거지. 근데 유튜브가 대체 뭐람.

"형님 방송 나온 거 핸드폰으로 봤잖아요? 그런 거예요, 그런 거."

나보다야 젊지만 동호 동생도 육십이 넘은 나이라 저도 잘은 모르는 모양이야. 유튜브 청년이 몇 번을 설명해주고 핸드폰에 뭘 설치해줬어. 요즘 사람들은 집에서 TV 안 보고 다들 핸드폰으로 본다니까, 말하자믄 핸드폰으로 보는 개인 방송이라고 보면 된대. 그렇게 해서 할담비 공식 방송국이 생긴 거야.

아직 시청자가 적어서 수입이 많지 않지만, 달마다 유튜브 청년이 동호 동생한테 수입이 얼마 발생했고 세금이 얼마다 보고를 해줘. 나는 들어도 잘 모르지만 동호 동생은 사업가니까 착착 알아듣겠지.

어디 축제에 간다거나 광고를 찍을 때도 카메라가 쫓아와서 이야기를 담는데, 그런 건 일이 있을 때가 있고 없을 때가 있어서 들쭉날쭉이야. 그래서 우리 유튜브에서 정기적으로 하는 방송이 '뉴 프로젝트 종로를 알려라'야. 골목골목 종로 맛집을 찾아다니면서 시청자들도 이리 와서 많이들 먹으라고 내가 홍보를 하는 거지.

삼계탕집도 알리고 냉면집도 알리고 내가 가는 단골 생선구이집이랑 곱창집도 소개해줬어. 어떤 덴 고맙다고 음식값을 안 받는 데도 있지만, 대부분 자비 들여서 사 먹는 거야.

근데 나는 맛있어서 소개한 건데 댓글에 '할담비 믿고 가봤는데 맛없었어요' 이라면 나도 쪼까 난감해. 입맛이 다른 거니까 그건 그냥 너들이 이해혀라?

D는 전주에서 유명한 이발사였어. 머리 하나는 기가 막히게 잘 깎아서 전주의 부자들, 고위 공무원들, 잘나가는 사람들이 다 D한테 머리를 맡겼지. 나도 D의 이발소에 자주 갔어. D의 이발소에 가면 가족이나 친지, 친구들을 어렵지 않게 만날 수 있었거든.

D는 성격이 쾌활해서 손님들이 좋아했어. 기분 내키면 쥐고 있던 빗을 마이크 삼아 노래를 한 곡 뽑았는데 목청이 아주 구수했지. 노래하는 걸 너무 좋아해서 무슨 경연대회라도 열리면 가게 걸어 잠그고 노래 부르러 다니고 그럴 정도였어. 그러다 아예 이발소를 접고 서울에 올라가서 가수 양성하는 회사에 연습생으로 들어가더라구. 기획사에서 살다시피 하면서 맨날 라면만 먹으면서 한 5, 6년 무진장 고생했지.

내가 명동에서 옷 장사할 때라 그 사정을 잘 알았어. 그래서 가끔 불러다 술도 사주고 밥도 먹이면서 좀 챙겨줬지. 그렇게 버티더니 어느 날 기획사 사장이 그동안 고생 많았다면서 곡을 하나 줬는데, 그게 대박이 나서 데뷔하자마자 엄청난 스타가 된 거야.

그 D를 내가 방송국에서 만났어. 같은 프로에 나랑 D가 초대 손님으로 출연했거든. 고향 동문이니까 내가 얼마나 반가웠겠어? 세월이 많이 흘렀어도 저나 나나 서로 얼굴 알아볼 만큼은 되니까 내가 먼저 "야~ 반갑다!" 하면서 아는 체를 했지. 근데 D가 건성으로 한번 쓱 쳐다보더니 "왔냐?" 하고는 저짝으로 가버리더라구. 세월 때문에 데면데면한 거라면 이해라도 하지. 이건 뭐, 내가 지 과거에 대해 잘 아니까 괜히 엮이기 싫다, 그런 느낌이야.

그래도 원수진 사이도 아니고 온 가족이 지네 가게 단골에다 지 힘들 때 밥 한 끼라도 챙겨준 사람한테 그럼 써? 지는 뭐 처음부터 잘나갔냐고. 아무리 잘 먹고 잘 살아도 저나 나나 사는 건 오십 보 백 보여, 안 그래?

야, D! 너 일루와 봐. 너는 뭐 하루 다섯 끼 먹냐? 똥 안 싸?

잘난 척 말어. 사람 일 어찌 될지 죽기 전까진 아무도 모른 다잉?

맘 같아선 막 이러고 싶더라만, D의 사회적 체면을 생각해서 내가 참았지. 옛날 같으면 내가 그렇게 말해도 개는 꼼짝을 못 했어. 참말이여.

4장

옷 장사 시절

옷 장사 시절

기울어지는 집안

군대에 있는 동안 어머니가 돌아가셨어. 제대해서 집에 돌아오니 집이 예전 같지 않더라고. 집안에 온기도 없지만 일단 가세가 기울었어. 그 많던 땅이 야금야금 줄어서는 일꾼들로 북적이던 사랑방도 썰렁하고, 아버지도 시름시름 아프시고….

무엇보다 부모님 모시고 살던 넷째 형님까지 병으로 작고하셔서 아버지를 돌봐드릴 사람이 없었어. 할 수 없이 내가 복학을 미루고 아버지 돌보면서 집안 농사를 도왔지. 그렇게 1년 반인가 지나니까 아버지마저 돌아가셨어. 집안이 찌그러지니까 우환도 도미노처럼 이어지더라구.

아버지가 돌아가시니 형제들이 모여서 유산 정리를 할 거 아냐. 헌데 군대 가기 전까지만 해도 열 필지 남짓 되던 땅이 세 필지밖에 안 남았더라구. 일부는 담보 잡히고, 나머지는 형님들이 처분했는지 어쨌는지 아버지가 아파서 다 맡겨버린 사이에 집안이 완전 거덜 났어. 결국 형님들은 다 자기 앞으로 해놓은 게 있었는데 나는 십 원 한 장 못 받았지. 어릴 때라 욕심 낼 줄도 몰랐지만, 한평생 막둥이라서 감히 집안일에 이러쿵저러쿵 발언할 수 있는 위치가 못 됐거든.

아버지 돌아가시고 아무도 없는 집에 남아 두세 달을 혼자 지내는데 기분이 이상해. 어릴 적부터 살던 집인데 영 낯선 것이, 살림살이 다 뺀 집에 덩그러니 누워 있는 것 같달까. 다 큰 놈이 시도 때도 없이 눈물이 나는 거라. 양친이 다 돌아가신다는 게 그런 거더라구. 아, 이제 나는 영락없는 고아구나. 이제 병수를 엄니, 아부지처럼 위해줄 사람은 이 세상에 아무도 없구나. 그런 서러움이 막 올라오면서 겁이 덜컥 나지 뭐야.

맘에 없는 회사 생활

복학도 않고 빈둥거리고 있는 나를 셋째 형님이 불렀어.

"복학 안 할 거면 내가 회사 넣어줄 테니 성실히 댕겨라."

그 무렵 셋째 형님은 연초장을 그만두고 서울에 있는 큰 건설사에 다니고 있었어. 형님 부탁이면 중소규모 회사에 들어가는 건 일도 아니던 시절이라, 그렇게 하루아침에 무역회사 신입이 됐지. 전문 용어로 취업 청탁, 쉬운 말로 낙하산이야. 지금은 큰일 날 소리지만 그때는 그냥 좋은 게 좋은 거라고, 알음알음 봐주면서 상부상조한다 여기고 그랬거든.

들어간 곳은 주석으로 유리를 만들어 일본으로 수출하는 회사였어. 거기서 6년인가 다녔나? 다녔다기보다는 버텼다고 하는 게 맞겠지. 어찌나 일이 재미없고 지루한지 퇴근 시간만 기다렸으니까. 상경대 무역학과를 다녔으니 영 무관한 업무는 아니었지만 도통 이놈의 돌덩이에 관심이 가야 말이지. 일본 사람들하고 섞여 일하기도 쉽지 않고, 무엇보다 무역회사니까 영어는 기본인데 내가 또 영어가 쥐약이네? 그러니 그냥 시키는 일이나 하면서 빈둥빈둥 시간을 보냈지. 간단한 심부름이나 하면서 책이나 보고 졸리면 자고. 직원들도 내 존재가 얼마나 불편했을까. 형님 어려워서 그만두겠단 소리는 못 하니 차라리 잘라주면 좋겠는데 회사도 형님과의 연줄로 성장한 터라 그러진 못 하고…. 피차 욕보면서 꾸역꾸역 6년을 버티다 내가 결국 사표를 냈지.

지금 생각하면 뭐하러 그렇게 시간 낭비를 했나 몰라. 그런다고 없던 애정이 생겨 뭐가 생겨. 6년 동안 쌓은 경험은 나와 보니 어따 써먹을 데도 없고, 퇴근하면 스트레스 풀러 다니기 바빠 모아놓은 돈도 없었어. 청춘을 갉아먹고 살았으면서도 그때는 오만방자해서 시간 아깝다는 생각도 못 했지. 평생 안 늙을 줄 알았던 거야. 사람이 젊을 땐 그렇게 아둔하더라고.

양품점 듀반

회사를 나와선 2, 3년 친구들과 어울려 놀았어. 우리 집이 잘 살 때는 내가 베풀었는데, 서울에 정착한 친구들이 다들 돈을 잘 버니 이번엔 그 반대가 되더라? 백수인 나를 가만 놔두질 않아. 병수야 나와 술 사줄게, 병수야 밤에 고고장 가자. 그렇게 노는 것도 지칠 무렵 항공사 사무장이던 친구가 사업 제안을 해 왔어.

"너 가게 얻을 돈 있으면 옷 장사 한번 해볼래?"

친구가 해외를 많이 다니니까 외제를 들여올 수 있었거든. 자기가 물건을 대줄 테니까 팔고 남으면 저도 좀 주래. 친구가 천 원에 사 온 걸 내가 만 원에 팔고 삼천 원은 친구한테 떼주는 식이야. 그렇게 명동에 듀반이라는 양품점을 차렸어. 옷 외에도 향수랑 화장품, 샴푸 같은 걸 들여와서 인기가 좋았지. 당시엔 수입 옷 취급하는 데는 더러 있어도 향수랑 화장품 같은 건 구하기 어려웠거든. 짝퉁을 파는 데도 많았는데 우리 건 죄다 프랑스, 미국, 홍콩, 일본에서 비행기 타고 온 진품 명품이니까 들여놓는 족족 팔렸지.

그때 박지만이가 우리 가게 단골이었어. 박정희 대통령 아들. 한 달에 한 번꼴로 왔는데, 명동에 놀러 온 김에 잠깐 늘러서 보는 거야.

"뭐 좀 들어왔어요?"

VIP니까 따로 챙겨둔 물건을 쫙 내놨지. 내 기억에 박지만은

얼마면 돼

샤방

샤방

내게도 이런 시절이...

옷은 잘 안 사고 비누, 향수, 로션, 이런 걸 좋아했어. 그래서 친구가 귀한 물건을 공수해 오면 다른 손님한테는 안 내놓고 내가 꼭 따로 챙겨뒀지. 물건들을 한번 쓱 보고 "됐습니다." 그러면 경호원들이 값을 치르고 들고 나갔어. 드라마 같은 데 나오는 장면 같지? 갈 때도 꼭 감사하다고 인사를 했어. 대통령 아들이지만 공손하고 사람 참 괜찮았는데, 나중에 약 때문에 안 좋게 됐지….

한 6년 명동에서 재밌게 장사하다가 건물에 일이 생겨서 듀반을 접었어. 가만 보면 장사는 다 잘됐는데 꼭 건물에 사정이 생겨서 나왔지 뭐야. 이러니 다들 건물주 되려고 난리지.

미카엘 의상실

듀반을 접고 명동에서 의상실 하는 친구를 도와주고 있을 때야. 친구가 나한테 디자인을 배워보래. 옷도 잘 팔고 손님한테 잘하니까 지식 좀 쌓아서 의상실 하면 잘할 거 같다고. 나도 옷 보는 눈이 있고 패션에 관심이 많으니까 듀반을 했던 건데 디자인까지는 생각을 못 했거든? 근데 친구가 권하니까 관심이 생겨서 몇 개월 디자인을 배웠어.

디자인 배웠다니까 앙드레김 같은 디자이너를 떠올리면 안 돼. 그냥 힘 빼고 어깨너머로 배운 거니까. 기본적인 바느질과 수선이야 할 줄 알지만 직접 만들지는 않고 원하는 스타일민 그려서 보여주는 거야. 그럼 사장이 보고 디자인에 반영하는 거지. 예전에는 공장에 맡기지 않고 의상실에 제단사, 재봉사, 시다, 단추 다는 사람이 상주해 있어서, 최종 디자인을 넘기면 그 사람들이 착착 만들어줘. 내가 디자인한 옷이 완성돼서 의상실 진열장에 걸리기도 하고 그랬어.

디자인 기본기를 익힌 다음엔 청담동에 미카엘 의상실을 차렸어. 지금이야 청담동이 으리으리한 동네지만 그때는 아파트 몇 채 올라간 한갓진 동네였지. 그래도 알음알음 부자 손님이 많이 찾아왔어.

잘됐냐고? 결론부터 말하면 의상실은 내가 오래 할 게 못 됐어. 매상이 적고 많고의 문제가 아니라 손님들이 좀 까탈스러워야지. 내가 비위도 잘 맞추고 남한테 잘하는 성격이잖아? 근데 손님 기분이 매번 다른 걸 맞춰주는 게 여간 피곤한 게 아니야. 분명히 지난번에 와설랑 천은 이걸로 하고 색깔은 이걸로 할게요, 주문하고 갔어. 그럼 그대로 만들어놨으니 사 가야 할 거 아냐? 근데 다음에 와서는 꼭 색깔이 별로네 감촉이 별로네 이러면서 꼬투리를 잡는 거라. 다른 이유 없어, 그냥 변덕이야.

저를 위해서 다 만들어놨는데 환장해 안 해? 다섯 벌에 한 벌꼴로 꼭 그런 일이 벌어지더라고. 고가의 옷을 사러 오는 사람들은 맘에 안 들면 절대 그냥 안 가져가. 그러니 실랑이하고 말 것도 없어. 웃으면서 돌려보내지만 속은 말도 못 해서 3년

내가 시방 웃는 게
웃는 게 아니야...

그러니까...
안 산다구?

정도 하고 때려쳐 버렸지.

때려치우고 나니까 하나도 안 섭섭해. 돈 좀 있다고 갑질하는 사람들 안 보니까 막말로 똥이 잘 나오더라. 감정 노동이라는 게 그렇게 힘든 거야. 그러니까 서비스 종사자들한테 함부로 하면 안 돼. 벌 받어.

병수의 옷장

나는 옷이 많어. 방송에는 늘 비슷한 정장을 입고 나가지만 그건 〈전국노래자랑〉 때 입었던 옷을 그대로 입어달라 해서 그런 거고, 실은 작은 방 두 개가 몽땅 옷방이야. 삼십 대부터 멋내는 데 재미가 들려서 돈 버는 족족 옷 사는 게 취미였거든.

정리한다고 했는데도 양복만 30벌에, 남방이 50벌, 조끼가 또 30벌에, 티셔츠가 한 40벌쯤 될걸? 젊을 때 입던 밍크코트에, 잠바, 추리닝까지, 세어보진 않았지만 아마 수백 벌은 될 거야. 덕분에 이사라도 할라치면 5톤 트럭 두 대는 기본이지. 이삿짐센터 직원이 그러더라. 연예인도 옷이 이렇게 많진 않을 거라고.

양도 많지만 내 것은 죄다 명품이야. 듀반(내가 좋아하는 이태리 브랜드라 양품점 이름도 따라 지은 거야), 세르니, 이동수…. 전부 티셔츠 한 장에 몇십만 원 하던 브랜드지. 지금이야 보세도 잘 입고 댕기지만 그때는 싸구려는 쳐다보지도 않았으니까.

첫째 양아들도 멋 내는 걸 좋아해서 여유 있을 땐 데리고 나가서 같이 옷을 맞추곤 했어. 백화점에 데려가서 위아래로 쫙 빼입으면 개도 이삼 백, 나도 이삼 백. 그땐 아깝다는 생각도 안 들었어. 좋은 옷은 입으면 태가 딱 나거든. 보통 사람들도 보면 그냥 알아. 아, 명품이구나.

신발은 많이 버렸어도 100켤레 남짓 있을 거야. 양복을 맞추면 구두랑 양말까지 꼭 같이 맞췄으니까. 가방도 많았는데 첫째 양아들 많이 물려주고 지금은 몇 개 없지. 옛날에는 옆구리에 끼는 손가방이 유행했거든? 하나에 수백만 원짜리 던힐 브랜드. 그걸 내가 곤색, 갈색, 검정, 색깔별로 가지고 있었어. 근데 유행이 돌고 돌아서 그게 요즘 다시 유행하더라구. 그러니 옷장이 넉넉하면 옷이든 액세서리든 안 버리는 게 좋아. 어떤 패션이든 빛 볼 날이 꼭 한 번은 돌아오니까.

액세서리는 대부분 잃어버리거나 처분해서 지금 차고 있는

간지 좔좔~~

부티 좔좔~~

론징 시계가 젤로 오래됐어. 40년 전 잘나갈 때 산 금시계야. 지금은 어떤지 몰라도 그땐 롤렉스랑 동급으로 쳐주는 부의 상징이었지. 매일 밥 줘야 하는 구식인데 요즘엔 또 이런 아날로그를 알아준다네?

아무튼 영 안 입는 옷은 남 주기도 하고 정리를 한다고 했는데도 내 옷방은 미어터져. 형편이 쪼그라든 후엔 옷 사는 취미도 사라져버렸지만, 전세랑 월세를 전전하면서도 옷방 규모는 안 줄였거든. 실은 못 줄였어. 고생해서 번 돈으로 산 거니까 애착도 가고, 이제는 다 추억이라 버릴 수가 있어야지. 옷장 뒤지면서 내가 저걸 40년 전 어디서 샀지, 저 옷을 입고 누구를 만났지, 그런 생각을 하는 거야. 기억력도 예전 같지 않으니까 추억 이고 살 듯 그냥 두고 보는 거지.

그런 속도 모르고 한참 쪼들릴 때 누가 황학동 시장에 내다 팔래. 어림없는 소리지. 그냥 주면 줬지 그걸 어떻게 팔아? 내 추억이 고작 이삼천 원짜리가 아닌데.

내일은 뭐 입지?

나는 매일 저녁 다음날 입을 옷을 미리 챙겨두고 자. 대강 무슨 옷을 입겠다 떠올리기만 하는 게 아니라 위아래를 매치해서 신발까지 옷걸이에 세트로 걸어두고 아침에 그대로 입고 나가. 사십 대부터 몸에 익은 습관이지. 그렇게 하면 아침이 분주하지 않고 훨씬 여유 있게 집을 나설 수 있어서 좋아.

옷을 미리 챙겨두면 좋은 점이 또 뭐냐면 아무렇게나 입지 않는다는 거. 아무 옷이나 대충 입다 보면 사람이 좀 모자란 인상을 주고 영향력이 없어 보이잖아. 하지만 옷을 딱 갖춰 입은 사람은 설령 주머니에 돈이 없어도 어디 가서 푸대접받지는

이렇게 해두면 옷 입는 데 딱 2분 걸려

않는다 이 말씀이야.

오해는 하지 말어. 비싼 옷을 입으라는 게 아니라 아무거나 입지 말라는 거니까. 후줄근하게 입고 다니면서 왜 겉모습으로 사람 무시하냐고 하는 건 말이 안 되는 거야.

마음의 보답

어제는 길을 가다 우리 복지관 회원에게 선물할 요량으로 옷을 한 벌 샀어. 내가 요즘 몸이 안 좋은 걸 알고는 남편분이 하는 한의원에 데리고 가 무료로 치료를 해준 고마운 분이야. 성의라도 보이고 싶은데 돈은 안 받을 게 뻔하고, 나 역시 그냥 받지 못하는 성격이라 마음의 보답이라도 하는 거지.

나는 옷 장사하던 가닥이 있어놔서 사람을 보면 사이즈가 딱 나와. 오래 알고 지내면 스타일도 얼추 보여서 그 사람이 좋아할 만한 옷을 어렵지 않게 골라잡을 수 있지. 비싸지 않아도 스타일 좋고 원단 좋은 옷으로 잘만 고르면 상대가 실망하는 일은 거의 없어. 그렇게 내가 선물한 옷 안 입고 남 줬다는 사람

아직 못 봤어.

사실 옷 선물은 누님들한테 해준 게 시작이었어. 고향에 내려갈 때마다 그렇게 용돈을 쥐여주니, 돈으로 갚지는 못하고 옷 선물을 하기 시작한 거지. 거의 받은 금액의 배를 들여 옷이나 화장품을 사다 줬어. 돈은 극구 사양하면서 그런 선물은 또 좋아하니, 그래서 여자는 늙어도 평생 여자라고 하나 봐.

옷도 자주 선물하지만 내가 사십 대부터 근 40년째 줄곧 공수해 가는 선물이 또 있지. 바로 시세이도 파운데이션. 듀반 양품점 때부터 외제 화장품을 구해다 하나씩 안겨주면 누님들이 그렇게 좋아할 수가 없는 거야. "우리 병수 덕에 내가 얼굴에 분칠을 다 허네?" 이러면서.

그때야 해외에 직접 가지 않고는 구하기가 힘들었지만, 지금은 어디서나 쉽게 살 수 있는데도 우리 누이들은 화장품이 떨어지면 여지없이 나를 찾아. 누이들이 믿고 맡기는 서울발 보따리장수. 그러니 누님들 살아계시는 동안은 막둥이가 쭉 책임져야지 별수 있나. 근데 돌아오는 명절에는 또 무슨 옷을 사다 주지?

5장

병수의 오늘

내게도 사랑이 있었다

우리 어릴 적엔 여자들이 다 성숙했어. 여자애들은 학교를 늦게 보내서 같은 학년이라도 대여섯 살 차이가 벌어졌거든. 당연히 죄다 누나였고 중학교 졸업 후엔 다들 시집을 가버렸지.

고등학생 때 한동네에 사는 여자아이가 있었어. 나보다 서너 살 어렸는데, 친한 오빠 동생 사이로만 지내다 연애 감정이 생긴 건 내가 군대에 가고 나서야. 그 애가 위문 편지를 써 보냈는데 자유롭지 못한 신분이라 그런가, 그 뒤로 자꾸 보고 싶고 마음이 가더라구. 휴가 나오면 꼭 그 아이를 찾아갔지. 누구네

잔치 열리면 손잡고 같이 가고, 신작로도 같이 걷고. 지금 생각하면 그게 연애지 뭐.

어머니 돌아가시고 아버지 아프실 땐 그 애가 집에 와서 밥도 해주고 그랬어. 그럴 땐 집에 데려와서 같이 살고 싶다는 생각도 했지. 근데 그러다가도 내가 무슨 재주로 가정을 꾸리나, 답이 없는 거야. 나이도 어렸고 변변한 직장도 없었으니까.

그러다 아버지 돌아가시고 서울로 올라오면서 사이가 멀어졌어. 주소도 안 일러주고 와버렸으니까 무지 섭섭했겠지. 그 뒤론 간간이 만났는데, 내가 어쩌다 시골 가서 찾으면 저가 없고 저가 날 찾으면 내가 없고…. 인연이 안 되려는지 자꾸 엇갈렸어. 그렇게 소원해지더니 나중엔 좋은 사람 만났다 그러더라고.

"그렇구나. 잘됐네. 시집가서 잘 살어라."

내 성격에 적극적으로 붙잡질 못하고 6년 연애가 그렇게 끝이 났지.

그러다 청담동에서 옷 장사할 때 친구네 의상실에서 서른두 살의 여자를 만났어. 가족들하고 옷 맞추러 왔다가 친해져서 3년 정도 만났나 봐. 그 여자하고는 아이가 생길 뻔했는데 임신한 지 몇 개월 안 돼서 잘못되는 바람에 내가 겉돌았어. 여자가 더 힘들었을 테니 잘 돌봐줘야 했는데 내가 밖으로만 도는 바람에 그 사람이랑도 잘 안 됐지.

사십 대에 세 번째 연애를 했어. 늦게 춤을 배워서 일본으로 건너가 공연하던 무렵인데, 내 춤을 좋아해서 맨날 공연을 보러 오던 여자였지. 교포라서 내게 일본어도 가르쳐주고 참 상냥했어. 그 집 가족들도 다 나를 좋아하고 나만 마음을 먹으면 결혼할 수 있었는데 이상하게 마음이 안 먹어지더라.

나중에 알았지만 여자가 도박에 빠져 있었어. 돈 벌면 나 몰래 빠칭코 가서 날리고, 나중엔 주변에 돈까지 꿔가면서 사고 치고…. 아무리 뜯어말려도 중독이라 자기 의지로 끊지를 못하더라고. 어디서 돈이 나서 자꾸 도박을 하냐고 캐묻다가 다른 남자가 있다는 걸 알게 됐어. 돈을 잃으면 그 남자한테 가서 손을 벌리고, 도박으로 돈 좀 따면 나 보러 오고 그랬던가 봐. 세상에 오롯이 연정으로만 사는 남녀는 없다지만 나는 누구랑 결혼할 팔자는 아닌가 보다 그때 생각했지.

그렇게 나는 한평생 결혼이랑 인연이 없었어. 나 좋다는 사람이 없진 않았는데 왜 그렇게 결혼에 마음이 없었나 몰라. 어릴 때야 그렇다 치더라도 나이 먹어 친구들이 죄다 결혼해 사는 걸 봐도 가정을 꾸린다는 게 영 넘의 이야기 같더라구. 주변에서 하는 말을 너무 곧이곧대로 들었을까?

결혼한 친구들이 마누라가 바가지를 긁어서 집에 바람 잘 날 없다느니 무자식이 상팔자라느니 하면서 병수 너는 결혼하지 말고 혼자 살라는 거야. 근데 그건 지들이 살아보니 그런 거고 결혼 생활도 다 저 하기 나름인데 나도 참 철이 없었지.

아니다, 말은 바로 하자. 철만 없었냐? 책임감도 없었지. 늘 연분 타령했지만 연분이야 맘만 있으면 이어갈 수 있는 거고, 나는 그냥 가정을 꾸릴 용기가 없었던가 봐. 노는 것도 좋아하는 데다 하는 일마다 엎어지고 꼬이는 통에 가족 먹여 살릴 능력이 없다고 생각했으니까.

그 무렵 나는 늘 잘나가는 친구들하고 내 처지를 비교했어. 저 녀석은 대기업 다니잖아. 저 녀석은 법원 다니잖아. 저 녀석은 시청 공무원이니까 결혼도 하는 거야…. 결국 결혼을 피할 궁리만 했으니 결혼을 안 하게 된 거지.

솔직히 말하면, 다시 돌아가서 붙잡고 싶을 정도로 좋았던 여자를 만난 적은 없는 거 같아. 그래서 결혼 않고 이렇게 혼자 사는 걸 크게 후회한 적은 없어. 그래도 인생을 다시 살 수 있

나만 유독 외로와 보이는 건 느낌인가 팩트인가...

복근 있는 남자

다면 이번엔 좀 다른 선택을 하고 싶다. 핑계 찾지 않고 도망가지 않고 좀 부딪히면서.

그런 거 보면 내 노년은 젊을 때의 실수를 만회하는 시간인가 봐. 젊은 시절 못다 펼친 재능을 나이 들어 펼치고, 돈 잘 벌 땐 펑펑 낭비만 하다가 지금은 얼마라도 남을 위해 쓰니까.

암튼 결정적인 순간에 용기가 없으면 기회는 날아가더라, 이말이야.

노년의 사랑은 어려워

팔십을 바라보는 나이니 독신에 대한 생각은 확고하지만 노년에 만나는 이성 친구야 나쁘지 않다고 봐. 마음 적적한 사람들끼리 오순도순 지내면서 돌봐주면 의지 되고 좋지 뭐.

더 젊었을 땐 주변에서 자꾸 누굴 연결해주려고 해서 만남도 여러 번 가져봤어. 근데 그렇게 만나는 건 잘되기가 쉽지 않더라고. 모든 사람이 다 그런 건 아니겠지만 재혼을 생각하는 여자들은 대부분 남자의 재력을 보니까. 근데 내가 대학 졸업은 못 했지만 가방끈이 짧지 않고 왕년에 돈 좀 벌었잖아? 그래서 뭘 좀 기대하는지, 대화하다 보면 그런 관심을 숨기지 못하는 거야. 이전보다 좀 잘살아 보고 싶어서 나온 자리니까 피차 속이고 말고 할 것은 없지마는 그런 기미가 보이면 왠지 마음이 더는 안 가게 되더라구.

내가 이런 말은 안 하려고 했는데, 주변에 나한테 마음 있는 할머니들이 한둘 있거든? 어떻게 아냐구? 그냥 딱 보면 알어. 아무 때나 전화해서 "요즘 바빠용?" 자꾸 물어싸. 대꾸야 해주지만 나는 일절 관심이 없어. 느낌이 없다 이 말이야.

내가 20년 전에 전통 무용 배웠던 학원 원장님한테 요즘도 가끔 전화가 와.

"학원에 선생님처럼 흥 넘치고 살풀이춤 기가 막히게 추시는 여사님이 있어요. 언제 한번 오셔서 인사나 나누세요."

취미가 같으니까 연결해 주고 싶은가 봐. 생각해주는 건 고마운데 바빠서 누굴 만날 시간이 있어야지. 좀 한가해지면 한번 놀러 가겠다고 했는데, 암튼 대화가 통하는 사람 만나기는 쉽지가 않더라고.

이 나이에 이상형이라고 할 건 없지만, 나는 일하는 여자가

좋아. 복지관에 할머니들도 많이 오는데, 자기 일이 있는 사람들이 더 활기차고 대화도 즐거워. 식당에서 설거지를 하든 장사를 하든 그런 건 상관없어. 남자 여자를 떠나서 기본적으로 생활력이 있다는 건 큰 장점이거든. 낮에는 일하고 저녁에 만나서 오순도순 오늘 뭐 하고 지냈나 이야기 나누면 얼마나 좋아.

나는 누나들 졸졸 따라다니며 자라서 그런가 남존여비, 권위의식 그런 건 별로 없어. 그렇게 부족함 없이 자란 누이들이 남자 따라 뒤웅박 팔자로 사는 거 보고 왜 여자는 저렇게 살아야 하나 참 서글펐거든? 그러니까 남자든 여자든 남한테 휘둘리지 않을 정도로 능력이 있어야 자기답고 멋있는 거다 이 말이야.

나도 때론 힘들다

내가 늘 웃는 상이지만 속이 없지는 않어. 이날 이때까지 싫은 소리, 아쉬운 소리 잘 못 하고 살았지만 180도 바뀐 생활에 스트레스도 받는다 이거야.

복지관에 가서 노래도 배우고 자원봉사도 하면서 소소하게 꾸려온 생활이 하루아침에 바뀌었잖아. 사람들에게 웃음을 줄 수 있어 행복하다가도 한편으론 감수해야 하는 불편이 너무 많은 거라. 평소 자주 만나던 지인들과는 좀처럼 시간 내기가 어렵고, 들어주기 어려운 부탁도 심심치 않게 들어와. 길에서 누굴 마주치든 먼저 인사하는 성격인데도 어쩌다 못 보고 지나치면 사람 달라졌다는 말이 뒤에서 날아온다?

지인이 허락 없이 음악 축제 포스터에 내 이름을 실어서 할 수 없이 무대에 오른 적도 있어. 얼굴 정도만 아는 동네 주민이

갑자기 친구들을 데리고 와서 집 구경 시켜달라 할 때도 있었고. 나도 사람인데 때론 귀찮고 화도 나지. 그러다가도 다 나에 대한 관심인데 내가 뭐라고 뻗대나 싶어 되도록 웃고 넘겨.

근데 늙어서 그런가, 강행군이 이어질 땐 나도 힘들어. 지난 가을, 전국의 축제란 축제는 다 불려간 것처럼 엄청 바빴을 때가 그랬어. 무대에서 노래 부르고 내려오는 건 잠깐이지만 밀려드는 사람들과 일일이 사진 찍는 데에 시간이 오래 걸려. 그래도 인상 쓰거나 건성으로 사진 찍은 적은 없어. 뒤에 일정이 없으면 일일이 손가락 하트 날려가며 끝까지 최선을 다 헌다구.

하지만 체력이 부치면 그것도 힘들어. 보통 한 장소에서 이삼백 장은 찍거든? 그런 게 누적되다 보니 어쩔 땐 얼굴에 경련이 일고 다음 날 일어나면 목이 부어 있기도 해. 그러다 한번은 기어이 링거를 맞고 드러누웠지. 그러니까 같이 사는 둘째 양아들이 한마디 하더라고.

"아버지도 참…. 노인이 그렇게 건강 헤쳐가면서까지 일해서 뭐 한대요? 쉬엄쉬엄 소일하듯 하시고 몸에 무리 가는 건 이제 하지 마세요."

"걱정 말어. 다 내가 좋아서 하는 거니까. 내가 어디 억지로 할 사람이냐? 힘들면 그만하겠다고 할 거야."

이름도 다 기억나지 않는 프로그램에 줄줄이 출연하던 어느 날엔 친구 녀석이 전화를 했어. 동창 모임에 몇 번 빠졌더니 걱정이 돼서 안부 전화 넣었다나.

"너 요즘 방송에 자주 나오더라. 근데 일도 좋지만 몸 생각도 좀 혀라. 얼굴이 그게 뭐여? 좋아서 하는 거 안다만 우리 나이에 무리해서 좋을 것 없어. 그냥 마음 편하게 한두 개만 햐, 취미로다가."

아들도 친구도 틀린 말은 아니지. 아무리 내가 좋아서 벌인 일이라도 체력이 감당을 못하면 아무 소용이 없으니. 지역 행사로 정신없던 지난가을 배운 게 그거였어. 마음 같아서야 불러주는 곳 어디든 달려가 최선을 다하고 싶은데, 몸이 지치니 웃음도 열정도 처음 같지를 않은 거야. 그럴 땐 솔직히 나도 잘 모르겠더라. 내가 잘살고 있는 게 맞는 건지.

이런 건 좀 받지 말어

지금은 많이 좋아졌지만 피로가 누적돼 있던 그땐 통 아침에 일어나는 게 힘들었어. 예전엔 늦어도 8시에는 눈이 자동으로 떠졌는데, 스케줄 없는 날엔 몇 시간이고 이불 속에서 뭉개다 간신히 일어났지. 걸어 다닐 때는 아무렇지 않은 다리가 왜 누워 있다가 일어날 땐 그렇게 아픈지 모르겠어.

어떤 날은 한껏 예민해져서 짜증스러운 마음이 올라올 때도 있어. 평소엔 그냥저냥 들어주던 말들이 가슴에 콕 박혀서는 한 대 들이받고 싶은 충동이 생기는 거야. 간신히 화를 누르고 가려는데 기어이 뒤통수에 대고 그러는겨.

"뜨더니 달라졌네."

내가 도대체 뭘 얼마나 달라졌다고 그런 소리를 한다냐? 내가 집을 바꿨냐, 사는 동네를 바꿨냐, 그렇다고 다니던 복지관을 안 나가냐. 좀 바빠졌다 뿐 늘 하던 봉사 지금도 하고 있고 평소처럼 웃으면서 사람 대하거든? 달라지긴 뭐가 달라졌다는겨?!

역시나 속으로만 그렇게 외치고는 얼른 자리를 떠버렸지.

내 속을 아는지 모르는지 동호 동생은 오늘도 스케줄 관리에 열심이야. 가는 데만도 서너 시간은 걸리는 지방 행사에 처음 들어보는 라디오 방송까지 죄다 잡아놨어. 동호 동생은 다 좋은데 그게 문제야. 무급 봉사든 십만 원짜리 행사든 오라는 데는 다 받아. 취지가 좋다나? 아이고야 내가 힘들다고 이놈아.

"그래도 쫌만 힘을 내봐요. 지금은 많이 알리는 게 제일 중요하니까."

동호 동생은 사업가라 언제 노를 저어야 하는지를 잘 알아. 몸은 피곤해도 나를 생각해서 그런다는 걸 알기 때문에 나도 군말 않고 따라나서는 거지. 다른 매니저 같았으면 들어오는 일뿐만 아니라 돈 되는 일 찾아서 여기저기 쑤시고 다닐 텐데 동호 동생은 그런 건 없으니까. 어디든 날 태우고 다녀야 하니 고생길인 건 저나 나나 마찬가지고.

"그래도 이런 건 좀 받지 말어."

강행군의 연속이던 어느 날, 객석이 텅 빈 지역 축제를 다녀오던 길에 내가 한마디했어.

"그래도 형님이 무대에 서니까 저쪽에서 사람들이 벌떼처럼 몰려오던 거 봐요. 객석이 금세 바글바글! 오늘 할담비 안 왔으

면 어쩔 뻔했어~"

벌떼는 무슨. 바글바글이 아니라 그냥 듬성듬성 모여 앉은
게 다던데. 그나마 할담비 왔다고 모여든 사람들이 내 무대 끝
나자마자 썰물처럼 빠져나가는 바람에 어찌나 미안하던지.

그런데 사실 나를 제일 힘 빠지게 했던 건 객석이 썰렁한 행
사도, 뜨더니 변했다는 주변의 비아냥도 아니야. 추석 즈음이
었나? 한 방송사에서 내 일상을 담고 싶다고 찾아왔어. 내가
복지관에서 봉사하는 모습을 이것저것 찍겠대서 좋은 취지로
온 거니까 원하는 대로 다 협조해줬지. 근데 건질 거 다 건졌는
지 갑자기 "됐습니다." 하더니 무표정한 얼굴로 싹 돌아서 가
버리는 거야. 그 모습을 보는데 이건 아니다 싶더라고….

그냥 방송국에서 할담비 찍어 오라니까 시키는 것만 하러 온
건지, 촬영할 때도 웃음기 하나 없이 찍더니만 볼일 끝났다고
인정머리 없이 휙 가더라구. 세상이 나를 이용해 먹는다는 생
각에 마음이 싸했어. 그럴 땐 내가 뭐하러 이러고 사나, 그냥
남들이 안 알아줘도 나 좋아하는 일 하며 살 때가 편했는데, 그
런 후회가 들지.

빨랑빨랑 마음 고쳐먹기

나는 안 좋은 생각이 올라오면 얼른 마음을 고쳐먹어. 암것도 아닌 나를 이렇게 불러주고 찾아준다는 게 어디냐 병수야. 아무리 힘들어도 이건 내 일이다잉? 이러믄서.

자고로 마음이 괴로울 땐 자기 본성에 충실한 게 최고로 좋아. 얼른 자기가 좋아하는 일을 찾아서 하는 거지. 나는 스트레스가 쌓이잖아? 그럼 노래방에 가서 판을 벌여. 애창곡 넘버가 빼곡히 적힌 수첩을 꺼내놓고 한 시간 동안 맘껏 지르고 흔드는 거야. 동호 동생까지 합세하면 아무도 못 말리는 요지경 판이 벌어지지.

손담비의 〈미쳤어〉부터 채연의 〈흔들려〉, 브라운아이드걸스의 〈아브라카다브라〉, 슈퍼주니어의 〈쏘리쏘리〉, 티아라의 〈러비더비〉까지. 내가 좋아하는 젊은이들 노래는 주로 2000년대에 유행하던 댄스곡이야.

트로트는 가리지 않고 다 좋아해. 〈천년을 빌려준다면〉, 〈유리벽 사랑〉, 〈나그네 길〉, 〈그냥 가세요〉, 〈동백 아가씨〉, 〈따르릉〉…. 간드러지는 콧소리가 그렇게 좋을 수 없어.

일타강사 포스

복지관에 가서 봉사활동 하는 것도 그런 이유야. 내가 일주일에 두 번, 2시간 30분씩 복지관에서 앞치마 두르고 배식 봉사를 하거든? 3년 정도 해왔는데 그냥 건성으로 하지 않고 늘 덕을 쌓는단 마음으로 하고 있어.

"맛있게 드세요."

"선생님도 건강하십시오."

식판을 건네면서 주고받는 인사에도 다 진심이 담겨 있어. 매일같이 찾아와 점심을 드시던 어르신이 보이지 않을 땐 내심 짐작되는 바가 있어. 어떤 날은 이제 육십 좀 넘은 복지관 동생이 하루아침에 세상을 등졌다는 비보가 날아와. 그런 날은 나

　　　　　　　　　　　　　　5장 병수의 오늘

도 온종일 마음이 심란허지. 언제 떠날지 모르는 황혼의 인생들이 복지관에 모여 서로 위로하고 있는 거야.

　복지관에 오는 사람들도 천차만별이야. 점심 한 끼 해결하러 오는 사람, 모아둔 재산이 있어도 쓰질 못하고 사는 사람, 남아도는 시간을 달리 보낼 데가 없어 부지런히 발도장 찍는 사람, 배우는 즐거움에 흥이 나서 오는 사람, 자식이 여럿이어도 의지할 데 없는 사람…. 나보다 나은 형편도 있고 그렇지 않은 사람도 있지만 내 눈엔 큰 흉도 자랑거리도 못 돼. 인생사 다 새옹지마에 공수래공수거랬어. 늙으면 부자나 가난뱅이나 배운 자나 못 배운 자나 자식이 있으나 없으나 사는 건 다 거기서 거긴 거야. 부르면 군말 없이 떠나야 할 몸, 건강이 받쳐주는 날까지 배우고 나누고 웃으면서 살면 되는 거지. 이런 것도 다 복지관 사람들이 가르쳐준 거야.

다정한 힙합 선배 영옥 누님

방송국에서 송해 형님을 제외하고는 좀처럼 나보다 연장자를 만나기가 쉽지 않은데 딱 한 분, 김영옥 누님은 예외지.

영옥 누님이랑은 세 번 정도 같은 방송에 출연했어. 안면을 트고부터는 나를 볼 때마다 "동생 왔어?" 하고 다정히 챙겨주시니 참 고맙더라구. 대기실에서 만난 늙은 초년생이 안쓰러웠는지 이런 조언도 해주셨어.

"동생, 앞으로도 쭉 건강하려면 일을 잘 골라서 해야 해. 나도 이 나이까지 방송인으로 살지만 이게 상당히 고단한 직업이거든. 그러니까 본인에게 잘 맞는 걸 찾아야 해."

네, 누님. 나는 고를 수 있는 형편이 못 되지만 나를 생각해주는 누님 앞이니 그저 공손할 뿐이지.

〈동치미〉 촬영장이었던 거 같애. 나이를 뛰어넘은 도전 정신을 주제로 영옥 누님이랑 같이 출연하게 됐어. 늦바람으로 무대에 올라 인생이 바뀐 이야기를 하러 갔다가 영옥 누님 이야기를 듣고 큰 감동을 받았지 뭐야. 이야기를 들을수록 나와 공통점이 있으면서도 나랑은 비교도 안 되게 용감한 분이란 생각이 들었거든.

알고 보니 누님이 나보다 훨씬 먼저 랩에 도전한 힙합 선배더만? 과거에 어떤 드라마에 욕쟁이 할머니로 출연해서 "시베리아 벌판에서 십장생 귤이나 까먹어라."라는 대사를 찰지게 구사했는데, 그게 젊은 층에 인기를 얻어서 랩 대결 프로그램까지 출연하게 된 거야.

"일단 출연은 하기로 했는데 내가 랩을 알아야지. 솔직히 그때까지 랩이라고 하면 저것도 음악인가 생각했거든요? 가사는 들려야 뭘 하더라도 할 거 아니에요? 근데 이건 당최 무슨 말인지 하나도 모르겠더라고."

어떻게 해야 할지 몰라 난감했는데 제작진이 "그냥 놀다 간다고 생각하세요." 그러더래. 나도 래퍼 분장하고 광고 찍을 때 꼭 그랬잖아. 근데 나랑 다르게 영옥 누님은 콘셉트만 잡고 대충 촬영한 게 아니라 며칠을 달달 외우고 연습해서 무대에 올라 노래 한 곡을 통으로 불렀다는 거야. 나이 팔십에!

"말도 마, 무대 뒤편 캄캄한 계단에서 선글라스 쓰고 내려가다가 넘어져서 울었다니까. 그래도 내 나이 팔십에 힙합을 만난 건 행운이었던 거 같아요. 무대 위에 서니까 완전 다른 사람이 되더라구. 잘하고 못하고를 떠나서 내가 랩을 알게 됐다는 게 너무 흐뭇해요."

뭘 하나 하더라도 제대로 하고 마는 영옥 누님 정말 대단허지? 할미넴이라는 별명이 그냥 붙은 게 아니야. 할담비는 명함도 못 내밀어.

6장

춤바람 시절

천생 춤꾼의 서막

무대에서 내려오면 사람들이 그래. 어쩜 그렇게 춤선이 고우냐고. 타고난 끼도 있겠지만 18년간 해온 전통 무용 덕에 기본적으로 춤사위가 몸에 밴 모양이지.

어릴 적부터 나는 춤이 좋았어. 기억을 더듬어보면 그게 다 어머니의 영향이야. 어머니는 얌전한 성품의 시골 아낙이셨지만 전통 가락에 맞춰 덩실덩실 몸을 흔들 땐 천생 춤꾼이셨거든.

어머니는 아리랑을 젤로 좋아하셨어. 아리랑~ 아리랑~ 곡조가 흐르면 살포시 일어나 두 팔을 너울대던 모습이 지금도 눈에 선해. 누구한테 배우지 않았어도 몸짓에 자연스럽게 한이 묻어나왔어. 그 춤을 몰래 따라 추던 내가 고등학생 때 부모님께 춤 배우고 싶다고 했다가 맞을 뻔했다고 얘기했지? 내 길이 아닌갑다 하고 접어둔 그 춤을 사십 줄에 다시 시작했어. 그리고 거짓말처럼 지병수 인생 최고의 전성기가 찾아왔지. 좋아하는 일을 하니까 그렇게 되더라만.

"춤 한번 배워볼래요?"

서른일곱엔가, 성질에 안 맞는 의상실을 처분하고 신촌에서 술집을 시작했어. 부자들 비위 맞추는 건 어려워도 기본적인 손님 응대는 자신 있었거든. 근데 건물을 잘못 얻는 바람에 고생 무지하게 했어. 비만 오면 지하에 물이 차서 여름마다 정전에, 물 퍼 나르느라 정말 징글징글했지. 80년대엔 장마 때마다 수해가 엄청났으니까.

가게는 3년 하다 접었지만 그 무렵 아주 특별한 인연을 만나게 돼. 지금은 고인이 되신 임이조 선생. 인간문화재 이매방 선생님의 제자로, 유명한 한국무용가였지.

큰스승인 이매방 선생님은 한국무용의 전설이라고 보면 돼. 한국무용 하는 사람 중에 그분 모르는 사람은 없으니까. 여덟 살 때부터 승무를 시작해서 60세에 승무와 살풀이의 예능 보유자가 되시고 훗날엔 명예 보유자로 승격되셨어.

임이조 선생은 그분의 수제자야. 스물한 살에 이매방 선생에게 사사했는데, 다들 이매방 선생의 제자 중에서도 스승의 춤을 덧칠 없이 이어받은 적자라고들 했어. 내가 그 임이조 선생에게 춤을 배웠다 이 말이지. 시작은 춤이 아닌 동양 철학이었지만. 그분이 동부이촌동에서 유명한 철학관을 하셨거든. 사주 명리에 밝아서 나도 몇 번 찾아가고 그랬는데, 내가 가게를 여니까 종종 들러 놀다 가시곤 했어.

"형님은 옷 장사도 물장사도 다 안 맞아요. 사주에 흥이 있다니까요? 그 끼 발산하면서 사는 길 찾아요."

임이조 선생이 나보다 한참 어려서 날 형님이라고 불렀지만, 스승과 제자 사이로 만났으니 나에겐 선생님이지. 나중엔 철학관을 정리하고 무용 학원을 열었는데 어느 날 우리 가게 와서

잉이조 선생님

그러더라고.

"학원 관리 좀 도와주면서 춤 한번 배워봐요. 그래야 형님 앞길도 트여요."

내가 노래 좋아하고 잘 노는 걸 아니까 지금이라도 나한테 맞는 걸 배우라는 거야. 그때가 마흔 전후였는데 내가 딸린 식구가 있어 뭐가 있어. 한 달 남짓 고민하다 아는 사람한테 가게 넘기고 보따리 싸서 학원으로 들어갔지. 방을 하나 내줘서 거기서 숙식하면서 춤도 배우고 학원도 반들반들하게 관리해 줬어.

임이조 선생 학원에는 학생도 많았어. 대학에서 한국무용 전공하는 학생이나, 한국무용으로 입시 준비하는 수험생들뿐만 아니라 춤이 좋아서 배우러 온 성인도 많았지. 그 친구들 옆에서 하루에 서너 시간씩 하나하나 따라 하면서 배운 거야. 수업이 끝나면 거울 앞에서 낮에 배운 기본 동작을 복습했지.

늦게 배운 거니까 더 열심히 했지만 춤 연습은 한 번도 억지로 한 적이 없었어. 나이 먹고 무언가를 시작할 때 좋은 게 그거더라고. 내가 이 나이에 완벽을 추구해 뭐해. 남들처럼 피땀 흘려 경쟁해서 대학 갈 것도 아니고. 그냥 즐겁게 배우는 거야.

안 되는 동작은 연습하고 모르면 물어가면서. 그랬더니 안 질리고 재밌어. 실력도 팍팍 늘고. 나중엔 임이조 선생도 놀라더라고. 흥과 끼야 타고났다지만 몸에 밴 춤선은 그러면서 생긴 거야. 이를테면 재능 뿌라스 노력.

"네 춤에는 한이 있구나"

승무, 한량무, 무당춤, 살풀이춤···. 전통 무용은 종류가 여러 가지지만 나는 그중에서도 살풀이춤을 좋아했어. 쉽게 말하면 액을 푸는 춤인데 나쁜 기운을 풀고 흥의 경지에 이르는 즉흥춤이야.

한창 춤을 배울 때, 아무도 없으면 방안에 누워 전통 음악을 틀어놓길 좋아했어. 그 재미를 모르는 사람한테는 졸리고 구닥다리 같은 취미겠지만, 맛을 알면 이보다 꿀 같은 시간이 없지. 마음이 순두부마냥 몽글몽글해지는 게, 구성진 가락을 따라 세상 시름이 한 겹 한 겹 풀려나가는 기분이랄까.

눈을 감고 민요를 듣고 있으면 아리랑 가락에 몸을 흐느적대

나야 나!

이분이 큰스승이신 이매방 선생님

던 어머니가 떠올라. 살포시 웃고 계셔도 표정이 묘하게 슬펐
는데…. 어머니는 속에 뭘를 품고 사셨길래 배우지도 않은 것
을 그리도 잘 추셨을까.

한번은 임이조 선생을 따라 큰스승님 학원에 가서 춤을 춘
적이 있었어. 그때 이매방 선생님이 내 춤을 보시곤 "네 춤에
서는 한이 나온다." 그러셨지. 어머니가 춤으로 풀어대던 한.
그게 나한테도 흐르고 있던 기라. 그때 이매방 선생님한테는
제자가 많았거든? 한국무용을 가르치는 교수들이 태반이었는

6장 춤바람 시절

데, 그런 제자들 앞에서 일부러 호통을 치셨지.

"지 선생이 무용과냐? 교수야? 취미로 배우는 사람 아니냐. 근데 니들보다 나아. 너흰 주둥이로만 가르치니까 저런 춤사위가 안 나오지. 정신 차려 이것들아!"

이매방 선생님이 진짜 호방한 성격이라 원래 욕이 더 찰진데 순화한 거야. 내가 잘해서 칭찬했다기보단 제자들한테 자극되라는 거지. 칭찬은 고래도 춤추게 하는데 지병수야 말해 뭐해. 이후로 18년을 그저 꿈같이 달렸나 봐.

훗날 임이조 선생이 그래.

"형님은 학원 차리면 잘할 텐데. 춤 잘 추지, 친절하지, 재밌지. 왜 학원을 안 열어요?"

스승한테 춤을 사사하면 간판에 스승 이름 달고 학원을 차릴 수 있거든. 나도 '임이조 선생 이수자 지병수' 이렇게 간판을 달 수 있었어. 근데 그냥 순수하게 춤만 좋았지 그걸로 누굴 가르치고 전수하고 그런 마음까지는 안 들더라고. 만약 학원을 차렸다면 스트레스받았을 거야. 취미가 일이 되면 더는 내가 좋아하는 춤이 아니게 될 테니까. 그런데 취미가 일이 되는 일이 벌어졌어. 그런데 이게 또 재미지대?

인생 첫 오디션

당시 국악인들은 돈을 못 벌었어. 설 수 있는 무대가 많지 않으니까. 그래서 많은 국악인이 일본으로 건너가 공연을 했어. 일본 유흥가에선 우리 춤과 음악이 인기가 있었거든. 학원 관리해준 지 한 2년쯤 됐을까, 기본기가 어느 정도 몸에 익었을 무렵 임이조 선생이 나를 부르는 거야.

"나고야에서 섭외가 하나 들어왔는데 오디션 보실래요?"

나한테도 기회가 온 거지. 우리 춤은 흥이 중요하기 때문에 즉흥적인 센스가 필요하거든? 내가 또 흥부자잖아. 평소 내 춤사위를 눈여겨본 임이조 선생이 이제 때가 됐다고 생각한 모양이야. 근데 아무나 그냥 시켜주는 게 아니라 나고야의 공연장 사장들 앞에서 오디션을 통과해야 해. 열심히 준비하겠다고 대답하고 기본 춤사위에 익살스러운 요소를 넣어가면서 이것저것 연습했지.

오디션을 보러 갔어. 아 근데 면접관들이 내 춤은 보지도 않고 나는 됐다는 거야. 그때 내 몸무게가 80킬로그램이 넘었거든. 다른 면접자들은 다 날씬한데 나만 뚱뚱하니까 그런 몸으

저승사자 아니다?

리허설할 때

로 무슨 춤을 추냐는 거지. 함께 간 다른 사람들만 볼 테니까 나는 집에 가래. 허허.

그래도 기왕 왔으니까 기회는 줘보라고 사정사정해서 남들 다 하고 끄트머리에 오디션을 봤어. 근데 내가 무대 체질이잖아. 전통 춤사위도 펼치면서 중간중간 창작한 동작을 좀 선보였더니 막 웃는 거야. 커다란 덩치에 그런 춤사위가 나오니까 빼빼 마른 사람들보다 웃기거든. 내 차례가 끝나니까 아까까지 나 싫다던 사람들이 이제는 다른 사람들 없어도 나 하나 데려가면 공연이 되겠다고 난리야. 그래서 80년대 초부터 7, 8년 동안 일본 드나들면서 신나게 일했지.

말하자면 이때가 내 전성기였어. 누가 다시 돌아가고 싶은 시절이 언제냐고 물으면 나는 두 번 생각 않고 무대 위에서 끗발 날렸던 사십 대라고 말해. 이때야 비로소 타고난 적성을 마음껏 살리고 살았으니까.

끼를 발산하고 사니까 재미도 있고 몸도 건강하고 인정도 받네? 게다가 돈도 잘 벌려. 일본에서 6개월씩 활동하고 한국으로 돌아오면 두둑한 목돈이 생겼어. 팀을 꾸려서 공연했는데 다른 팀원이 800불 받을 때 나는 1,400불을 받았지. 인기가 젤로 많아서. 1,400불씩 6개월이면 8,000불이 나한테 떨어지는 거야. 큰돈이고말고. 우리 팀은 인기가 좋아서 6개월 지나면 또 다른 지역에서 연락이 왔어. 고베, 오사카, 도쿄, 요코하마…. 1989년까지 일본 곳곳을 돌면서 정말 열심히 벌었지.

그땐 정말 남부러울 게 없었는데. 그때 번 돈으로 한국에서 편하게 살려고 아파트도 사고 그랬는데 글쎄 보증 한번 잘못 서서 하루아침에 쪽박 차는 신세가 됐으니…. 그 이야기는 내가 차차 해줄게.

인상적인 일본 문화

한국에 안 나오고 일본에서 쭉 있었으면 돈은 더 벌었을 거야. 그런데 향수병이 돌아서 한두 달은 괜찮아도 그 이상은 너무 힘들더라고. 일본에서 아예 사업을 하라는 말도 듣고 그랬는데 그래지지가 않았어. 막상 한국에 오면 아무도 없는데도 일본에 있으면 막 한국에 오고 싶어서 6개월에 한 번씩은 꼭 한국에 돌아왔지.

근데 일본에 길게 있다 보니 배울 점도 많았어.

우선 일본 사람들은 진짜 조용해. 주점에서건 어디서건 절대 말소리가 자기 테이블을 넘지 않아. 일본 사람들은 너무 시끄러우면 일어나서 가버려. 남에게 피해 안 주고 안 받는 자세가 몸에 밴 거지. 그렇다고 술집에서 도서관 분위기 나는 것도 재미는 없으니까 딱 중간 정도면 좋을 거 같아.

두 번째로 놀랐던 건 택시였어. 운전기사들이 손님 대하는 태도가 아주 깍듯하고 정확해. 동전 하나 더 안 받고 거스름돈 딱딱 맞춰 주고, 목적지까지 어떻게 해서라도 데려다줘.

그날도 초행길이라 택시를 잡았는데, 내비게이션이 없을 때라 모르면 다 묻고 지도 찾아서 가곤 했는데 그래도 영 찾기 어려웠나 봐. 기사가 몇 번이고 목적지로 전화해서 길을 물어보고는 어떻게든 문 앞에다 내려주더라고. 아, 이런 게 직업 정신이구나 했지.

처음 일본 택시를 잡을 때 제일 신기했던 게 뒷문을 열어주는 거였어. 기사가 내려서 열어주는 게 아니라 스위치를 누르면 자동으로 툭 열려. 나중엔 그게 익숙해져서 한국에 와서도 택시를 잡고 뒷문 앞에서 가만 서 있던 적이 있었어. 안 열리는

아무나 소화 못한다는
청청패션

그걸 내가 해내네?

거 보고 아차 여기 한국이지, 했잖아.

세 번째는 길거리 풍경이야. 일본은 불법주차가 없어서 물어 봤더니 자가용을 소유하려면 아무리 작은 집이라도 주차 공간이 있어야만 면허증을 내준대. 신고 정신이 철저해서 불법 주차도 거의 하지를 않아. 바로 신고 들어가니까. 요즘엔 두 나라 관계가 안 좋아서 내 마음도 안 좋지만, 서로 사과할 건 하고 인정할 건 하면서 막힌 담을 헐었으면 해.

어디서 많이 놀던 가닥

내가 전통 무용을 했다고 우리 춤만 춘다고 생각하면 오산이야. 이래 봬도 내가 고고장 1세대거든? 닐바나, 풍전, 코파카바나, 이게 다 칠팔십 년대 서울을 주름잡던 나이트클럽이야. 내 기억엔 조선호텔에 고고장이 제일 먼저 생겼어. 그다음이 풍전호텔, 필동의 닐바나, 타워호텔 순이었던 거 같은데 친구놈 하나는 닐바나가 제일 먼저 생긴 거로 기억하더라고? 서울에 문 연 고고장 예닐곱 군데를 그 친구랑 참 많이도 들락거렸지.

고고장은 70년대 초에 처음 생겼어. 공무원 봉급이 1만 원 하던 시절에 입장료가 천 원이었으니 얼마나 비쌌겠어. 그래도 좀 논다는 사람들은 그 돈을 내고 들어가. 나는 돈 많은 친구들 덕에 늘 묻어갔지. 여자친구들이 그렇게 나를 데려가려 그랬 거든. 인기가 많았다기보단 내가 그런 데서 일절 여자한테 주 접을 안 떨었어. 나는 오직 춤이야. 매너남. 그러니까 여자들이 나를 편하게 대했지.

고고장 들어가면 죄다 청바지에 장발족들이야. 야간 통행 금 지가 있던 때라 단속도 심했는데 요리조리 피하면서 잘도 놀 러 다녔어. 너들도 알지? 하지 말라면 더 하고 싶은 거. 장발도 단속하던 때라 나는 춤도 좋아하고 머리도 길어서 이래저래 무던히도 도망 다녔네.

고고장에 4~5년 열심히 발도장 찍었거든? 거짓말 않고 내가 플로어에서 춤을 추면 사람들이 다 비켜줬어. 홍해가 갈라지는 수준까진 아니어도 사람들이 막 내 주변을 에워쌌지. 내 춤이 좀 남달랐거든. 부드러우면서도 딱딱 절도가 있었달까. 부드러 웠다니까 또 전통춤 생각하면 안 돼. 암만 좋아도 내가 거기서 살풀이를 췄겠어? 그때는 음악이 죄다 디스코라 그냥 내 맘대

보고 싶은 슨샹님......

로 흥겹게 추는 거야. 춤선이 예쁘니까 사람들이 재밌다고 다 나만 따라다녔지.

그러다 스승님한테 걸리면 어쩌려고 그랬냐고? 걱정 말어. 같이 추러 다녔으니까. 나보다 젊었으니 얼마나 놀고 싶었겠어. 우리 선생님은 춤의 기본을 가르칠 때도 음악을 다양하게 쓰셨거든? 꼭 민속악이 아니더라도 빠른 곡, 느린 곡, 어떤 때는 관현악이나 창작곡도 쓰시고, 가요에도 기본을 추게 하셨어. 가요에 살풀이라니 얼마나 신박해? 춤은 그런 거야. 경계가 없어. 머리가 아닌 몸이 추는 거니까 어디서든 자유롭지.

나랑 죽이 잘 맞던 임이조 선생은 2013년에 급성 폐렴으로 세상을 뜨셨어. 이매방 선생님이 2015년에 소천하셨으니까 스승보다 더 빨리 생을 마감했지.

그때는 내가 지방에 내려가 살아서 왕래가 뜸했기 때문에 부고 소식을 못 듣고 아주 나중에야 전해 들었어. 사는 게 바빠서 가시는 길을 배웅 못 해 드린 게 어찌나 서글프던지…. 향년 63세, 지금의 나보다 열다섯이나 젊은 나이에 돌아가셨으니 어린 스승을 떠나보낸 내 마음이 어땠겠어. 나를 춤의 세계로 이끈 고마운 스승님. 그 젊은 스승이 지금도 가끔 보고 싶어.

아, 다시 춤추고 싶다

한동안 발을 끊은 무용 학원을 요즘 다시 기웃거리고 있어. 학원은 임이조 선생의 처제가 물려받아 지금도 하고 있거든. 원장님이 나더러 시간 날 때 종종 나와서 회원들 좀 재밌게 해 달래. 오래 놓고 살아서 어떤 동작은 가물가물한데 그곳에 가면 예전의 살풀이며, 승무, 한량춤이 금방 되살아나려나?

신바람 나게 춤추던 시절의 영화는 이제 다 사라지고 없지만, 여전히 나는 춤이 그리워. 꿈도 기쁨도 돈도 자신감도 다 춤이 줬으니까. 무엇보다 내게 전성기를 선물해줬잖아. 말하고 보니 춤은 나에게 진짜 좋은 것들만 줬네?

돌아보면 나는 한평생 놀러 다닌 모양이야. 내 방식으로 풍류를 즐겼지만 어떤 사람들 눈엔 그저 유흥에 젖어 산 놈이겠지. 근데 나는 허송세월했다는 생각은 안 해. 지난날 쌓아온 것들이 신기루같이 사라진 후에도 타고난 흥만은 잃지 않아서 이렇게 할담비 소리도 듣고 살잖아.

나는 좋아하는 일을 하고 살아서 인생에 큰 후회가 없어. 내가 선택한 일이라 남 탓도 못 허지. 누가 그러더라. 인생은 평

생을 공부해도 알 수 없는 학문 같다고. 그러니 내가 구십을 살고 백을 산들 어떻게 통달할 수 있겠어. 사람은 한 치 앞을 내다볼 수 없으니까 살 수 있는 거야. 그러니 이미 벌어진 일에 너무 안달복달 말고 너무 앞서 내다보려고도 말어. 그냥 주어진 오늘만 열심히 살고 보는거.

7장

병수의 오늘

유튜브는 사랑을 싣고

"친구분 만나러 가시는데 기분이 어떠세요?"

유튜브 찍어주는 청년이랑 같이 죽전에 사는 김성기에게 가는 길이었어. 성기는 중학교 때 내 친구놈. 지금은 사라지고 없는 전주 북중 37기 동창이야. 하지만 삼십 대 이후론 만난 적이 없어서, 오랜만에 그 이름을 들었을 때 얼굴이 딱 떠오르지 않더라고. 기분이 어떻긴. 가물가물 알쏭달쏭. 그냥 묘하지.

먼저 연락을 해온 건 성기의 아들이었어. TV에 나온 내 모습을 보고 성기가 아들에게 꼭 만나고 싶다고 했대. 그래서 성기

아들이 나 유튜브 찍어주는 청년한테 편지를 보내서 성기 모르게 깜짝 방문을 기획한 거야. 옛날에 하던 〈TV는 사랑을 싣고〉 있지? 그것처럼 유튜브가 병수를 싣고 가는 거지. 죽전으로.

가족들이 진짜 아무 얘기도 안 했는지 성기는 나를 만나는 순간 정말 깜짝 놀라더라구. 반갑다며 환하게 웃는데, 생각보다 건강한 모습에 그제야 안심이 되지 뭐야. 성기가 투병 중이라고 아들이 미리 알려줬거든.

성기는 혈액암으로 항암 치료 중이라고 했어. 암 수술하고 1년 동안 병원에서 살다 나왔다나. 혈색도 좋고 건강해 보이는데 속으로 몹쓸 병이 들었구나…. 성기가 나를 보고 싶어 했던 이유, 아들이 아버지의 소원을 들어주고 싶었던 이유를 알 것 같아 마음이 아팠지. 일부러 덤덤한 표정으로 듣고 있는데 "내가 너를 만나려고 이렇게 살아있나 보다." 그래. 인마, 자꾸 그런 말 말어.

"너랑 나랑 중학교 때 핸드볼로 날렸는데."

"난다방에서 자주 만났던 거 기억해?"

"인곤이랑 셋이 잘 어울렸는데, 인곤이는 죽었다는 소식 들었어."

그래, 인곤이. 셋이서 성인이 돼서도 자주 만나 명동과 소공동 일대를 헤집고 다녔었지. 나는 중학교 때 덩치가 컸고 성기랑 인곤이는 자그마해서 나를 늘 올려다보곤 했는데…. 성기를 만나니까 건강하고 무탈했던 40년 전 청년 시절이 떠올라 잠깐 신이 났어. 목소리도 커지고 힘도 들어가는데 눈가는 또 왜 그렇게 촉촉해지는지 몰러.

성기가 자꾸 울려고 해서 언제 종로에서 한번 뭉치자고 이야기하곤 방송 때문에 가봐야겠다고 하고 서둘러 일어나버렸지. 저녁이나 먹고 가랬는데 내가 자꾸 눈물이 나려고 해서 안 되겠더라고.

헤어지기 전 녀석하고 진하게 포옹을 했어.

"아프지 말고 건강해. 그래야 또 만나지."

암만, 그래야지. 그래야 하고말고. 아프지 않고 건강한 게 얼마나 큰 축복인지 젊은 사람들은 모를 거야. 아프면 아무렇지 않게 먹고 움직이고 웃고 숨 쉬던 모든 일상이 송두리째 흔들려. 딱히 의지할 데 없는 나 같은 사람은 죽는 것보다 몸져눕는 게 더 두려운 법이지.

그래도 이날 이때까지 큰 병 한 번 안 앓고 살았으니 감사할

쫄티 쫄바지가 유행하던 때야
친구들 바지 터지기 일보 직전

밖에. 그러니까 누이들아, 친구들아, 누구든 좌우지간 무조건 건강하기. 내가 아침마다 하루도 빼먹지 않고 하는 기도가 그 거야.

내 친구 김인곤

인곤이도 성기와 같이 무주에 살던 친구야. 남들 꽁보리밥 먹을 때 우리 셋은 쌀밥 먹는 집 아들이었어. 셋 다 운동도 공부도 웬만큼 해서 커서 무엇이 될까, 대학은 어디로 갈까 고민도 나누고, 성인이 돼서도 자주 뭉쳐 우정을 과시하곤 했지.

인곤이는 그중에서도 제일 잘나갔어. 개인 사업을 했는데 사업이 번창해서 아주 호화스럽게 살았지. 동창들을 만나면 항상 술값이고 밥값이고 도맡아 내던 호탕한 녀석이었는데, 오십 넘어서 사업 실패하고 이혼하더니 쪼그라드는 건 금방이더라. 그러다 보니 주위에 자꾸 손을 벌렸나 봐. 그것도 한두 번이지 돈 빌려달라는데 웃을 놈 없다고, 자꾸 찾아와 손 벌리니까 나중엔 형제들하고도 멀어지고, 언제부턴가 친구들도 다 인곤이를 피하게 됐어.

한번은 나한테 찾아와서 돈 삼백 정도 없냐 그러더라구. 나도 형편이 어려웠지만 은행에서 찾아다가 줬지. 쓰고 나중에 주라, 말은 그렇게 했지만 갚을 형편 안 되는 거 뻔하니까 애초에 받을 생각도 없었어.

그러다 작년 봄엔가 고향 동생한테 연락이 왔어. 인곤이가 죽었다고. 갈 데가 없어서 사우나에서 생활하다가 그렇게 됐대. 저 혼자 떠돌다 결국 그리됐구나…. 너무도 황망한 죽음이지.

그 녀석이 추레한 몰골로 날 찾아왔던 날이 있어.

"너희 집에 방 하나 없냐?"

내가 혼자니까 같이 의지하고 살고 싶었던 모양이야. 하지만

지병수와 친구들

그땐 나도 사기당한 여파가 아물지 않던 때라 누굴 돌볼 형편이 못 됐어.

"내가 여유로우면 방이라도 한 칸 얻어줄 텐데, 나도 기초수급자라 간신히 월세 내고 살아. 나도 너도 찌그러들어서 말년에 이게 뭔 고생이냐."

그땐 그렇게 돌려보내고 말았는데 결국 사우나에서 비명횡사했다니 착잡한 심정이야 말해 뭐해.

장례식장은 몹시 썰렁했어. 이혼하곤 남처럼 지냈는지 아내도 자식도 찾아오질 않더라고. 결국 친구 몸은 몇몇 지인이 보는 앞에서 재가 됐어. 내가 그때 생각했지. 내가 죽고 나서 사람들이 나 때문에 곤란해하지 않으면 좋겠다고. 가는 사람도 보내는 사람도 비통하지 않으면 좋으련만. 그런 마지막이 가능할까?

언젠가 다가올 일

사실 전부터 쭉 생각해오던 건 있어. 장기 기증 서약. 내 나이가 일흔여덟이지만 종합 검진을 하면 아직 건강하다고 나와. 친자식도 없고 남은 사람들 고생시키긴 싫으니까 전부터 진지하게 생각해둔 건데, 아직 실행에 옮기지는 못하고 있어. 막상 하려니 죽을 날 받으러 가는 것 같아 좀 그렇더라? 으허허허허….

몇 년 전부터 친구와 동국대 의대에 장기 기증하는 법을 알아봤어. 장기를 기증하겠다고 하면 거기서 검진을 쫙 해준대. 이상이 있으면 기증은 물 건너가고, 이상이 없으면 사후 내 장기가 필요한 사람들에게 가는 거야. 모든 경비는 다 그쪽에서 대줘. 쓰임을 다한 몸은 화장해서 동국대학교 인근 산에다 수목장을 치러준다니 얼마나 깔끔해.

조카들이 삼십 명이 넘고 두 양아들도 나한테 잘하고 있지만 혼자인 나는 이런 생각을 안 할 수가 없어. 준비 없이 그날이 오면 가까운 사람들이 나 때문에 고생할 거 아녀?

"나 죽으면 나중에 요래 해라?"

양아들한테 넌지시 기증 이야기를 하면 "왜 그런 걱정을 벌써부터 하세요. 그런 걱정 말고 편히 사세요." 해. 하지만 언젠간 다가올 일, 모른 척한다고 그날이 안 오는 건 아니니까.

근데 그게 쉽지는 않아서 아직 실행까지는 못 하고, 나중에 친구랑 같이 동국대에 찾아가서 좀 더 알아보고 서약을 하자 고만 해둔 상태야.

하여간 언젠가는 용기를 내야 하는 일. 주변 사람 고생하는 것도 싫지만 남을 위하는 일이기도 하니까. 이승에서 다 못 쌓은 덕, 저승 가는 문턱에서라도 쌓아볼까 하는 마음인 거지.

나이 든다는 건

늙는 건 자연스러운 일이지만 나이 드는 게 즐겁다고는 말 못 해. 좋을 게 뭐 있어? 무릎 시려, 어깨 아파, 머리 빠져, 기억력은 하루가 다르게 쇠퇴하고 갈수록 발음도 새는데….

나이 드는 게 어떤 거냐면, 한마디로 울적한 일이야. 노인이 되면 마음이 단단해지기도 하지만 물러지기도 하거든. 나는 요즘 누가 나를 생각만 해줘도 금방 기뻤다가 또 금방 울적해져서 자꾸 눈물이 난다니까. 왜 그 두 가지 마음이 다 일어나는진 몰라도 분명 늙어서 생긴 변화지. 예전엔 안 그랬으니까.

어떤 날은 큼직한 웅덩이가 마음에 꽉 들어찬 것처럼 심각한 날이 있어. 그럴 땐 어디 가서 뭐라도 붙들고 막 울고 싶은 게 솔직한 심정인데 그럴 수가 있어야지. 이 나이에 내가 어디 가서 울겠어? 시골 누나들한테 가면 누나들이 항상 먼저 눈물 바람이니까 그때는 좀 따라 울지마는 양껏 울지는 못허지. 내가 엉엉 울어봐, 막내가 요즘 사는 게 몹시 힘든갑다, 누이들이 얼마나 걱정하겠냐고.

근데 주변을 보면 나만 그런 게 아니야. 대부분의 노인이 사는 게 울적해 보이거든. 나야 하는 일이 있으니 기분 전환이라도 하지만, 할 일 없는 노인들은 시간 때우는 것도 일이라서 천안에서 의정부까지 공짜 전철 타고 왔다 갔다 하면서 하루를 보낸다니까.

내가 종로 구석구석 안 돌아다니는 곳이 없는데, 파고다 공원 주위에 노인들이 엄청 많아. 내기 장기도 두고, 토론을 벌이는 분들도 있지만, 그냥 할 일 없이 가만히 앉아만 있는 분들도 많지. 내 생각엔 복지관이나 노인정에라도 가면 몸 따시고 배울 거리도 있는데 왜 길바닥에서 그러고 있나 싶어. 그래서 가끔 내가 물어보지. 왜 날도 추운데 이렇게 나와 계시냐고. 그럼 돌아오는 대답이 가관이야.

"별수 있나, 7시는 돼야 밥 얻어먹는데…."

무슨 소린고 하니, 밥때가 될 때까지 기다렸다가 시간 맞춰 들어가야 한다는 거야. 종일 집에만 있으면 눈치 보이니까 아침 먹고 나와서 점심은 밖에서 때우고 저녁에나 들어가는데, 제시간에 들어가지 않으면 저녁을 굶을 판이니 시계만 쳐다보고 있는 거라. 일찍 들어가면 눈치 주고 너무 늦게 들어가면 늦었다고 밥을 안 준다니 말 다 했지.

아무리 세태가 변했어도 그렇지 어른 눈칫밥 먹이는 것도 모자라 부모 밥을 안 차려준다니. 그 얘기 듣고 깜짝 놀랐지 뭐야. 부모가 지들 키울 때 늦게 들어왔다고 밥 굶기고 그랬을까? 없어서 못 먹였을지언정 자는 아이라도 깨워서 먹였을 거 아녀?

어느 땐 자식 있는 사람들이 부럽다가도 저렇게 자식 눈치 보고 사느니 내 신세가 낫다는 생각도 들어. 그런다고 마음속 웅덩이가 메워지는 건 아니지만 누구나 크고 작은 웅덩이 하나씩은 품고 사니까. 누군가의 처지에 빗대 상대적인 위로를 받고 산다니, 참 거시기한 세상이야.

'-요' 자를 붙이세요

지난 추석을 앞두고 잠깐 짬을 내 손주를 만났어. 한 언론사에서 한가위 인터뷰 기사로 내보낸다고 한복 촬영을 하고 갔는데 갑자기 손주 녀석이 보고 싶더라구. 전화했더니 친구랑 놀고 있다기에 전철 타고 할애비 사는 데까지 오라고 했지. 귀찮을 텐데 친구랑 같이 왔더라고.

분식점에 데리고 가 지들 먹고 싶은 걸 고르게 하고는 계산하고 먼저 일어났어. 같이 먹자는데 지들끼리 먹어야 편하고 좋지, 내가 그런 눈치도 없을까. 뒤따라 나오는 손주 녀석 손에 십만 원 돈을 쥐여줬더니 배시시 웃더라구. 중학생이 됐어도 아직 순진무구해서 할애비가 오라고 해도 싫다 소리를 안 하니 얼마나 착해. 내가 용돈 줄 거 알아서 그런가?

손주하고 나는 헤어질 때 늘 하는 게 있어. 포옹. 내가 일어서면 강아지마냥 졸졸 따라 나와서 나를 꼭 안아주거든? 내가 팔을 벌리면 녀석이 내 품에 딱 들어와. 제 팔로 내 등을 툭툭 두드려주기도 하고. 그렇게 똥강아지 짓을 해. 손주 녀석이랑 두고두고 소통하는 할애비가 되고 싶은데 몇 년 후엔 모르지, 나를 상대도 안 해줄랑가.

나는 나이 먹어도 젊은 사람들하고 대화가 되는 어른이고 싶었어. 그래서 일찌감치 존댓말을 생활화했는데, 다른 거 없고 그냥 말끝에 '-요' 자를 붙이기만 한 거야.

살아보니까 상대가 몇 살이고 지위가 어떻고를 떠나서 내가 상대를 존중하면 상대도 결국 내 마음을 받아주더라구. 반말 함부로 하다 보면 사람 관계도 인성도 다 거칠어져. 사회생활엔 정말 안 좋은 태도지.

나는 지금껏 나이 먹었다고 위세 떨고 그런 적은 없어. 그래서 이 나이 먹도록 권위가 없는지는 몰라도, 그 덕에 권위의식이 몸에 배지 않아서 젊은 층과 이 정도 소통하고 산다고 생각해. 젊은 세대가 너무 자기만 알고 예의를 모른다고 하지만, 그렇게 말하기 전에 어른이 먼저 어른다워야지. 자고로 물처럼, 사람 마음도 다 위에서 아래로 흐르는 법이니까. 세상 이치가 그래.

날 따라 해봐요
요렇~게

아따 포스 봐라, 김칠두

　시니어 모델 김칠두 씨랑은 늦게 데뷔한 공통점으로 둘이 한 방송에 출연하면서 알게 됐어. 근데 처음 만났을 때 나는 그쪽이 형님인 줄 알았어. 은발이 치렁치렁하고 주름도 움푹 패어서 나보다 한두 살 위일 줄 알았는데 열두 살이나 어리더만? 놀래서 주변에 이야기했더니 다들 내가 더 늙어 보이는데 별소릴 다 한데. 참말이여?

　늦게 모델이 된 사연을 들어보니 이쪽도 완전 드라마야. 젊었을 때 의류 도매상도 하고 모델 경연 대회에 나가 입상도 해봤는데 비전이 없었나 봐. 어쩐지 신장도 훤칠하고 서구적으로 생겼다 했더니, 소싯적에 연예계에 꿈이 있었던 거지.

　꿈을 접고 식당을 운영하면서 가족을 부양하다가 20년 운영하던 순댓국집이 체인에 밀려서 문을 닫아야 할 판이었대. 그렇다고 환갑이 넘은 나이에 다른 일자리 찾기도 어려워서 어느 날 딸한테 푸념을 했다는 거야. 아빠가 요즘 갈 데가 없다잉? 이러믄서.

나이 먹으면 다 그래. 갈 데가 없어. 취미도 없이 수십 년 일만 하다가 갑자기 할 일이 사라지면 뭘 해야 할지 몰라 미치는 거지. 그럴 때 가족들이 잘 돌봐줘야 하는데, 마침 딸내미가 아버지한테 용기를 준 거야. 젊었을 때 못 이룬 꿈에 한번 도전해 보라고. 그래서 64세에 멋지게 데뷔를 해. 우리나라 시니어 모델 1호라네?

같이 사진 촬영도 하고 대기실에서 식사도 했는데 옆에서 보니까 진짜 포스가 장난이 아니야. 체격도 다부지고 눈이 부리부리, 수염은 또 헤밍웨이마냥 덥수룩해서 말 안 하면 우리나라 사람 안 같아. 머리 묶으면 숀 코너리 같고, 풀어헤치면 꼭 전인권 같은 게, 이 친구 보니까 알겠더만. 모델은 키만 훤칠하다고 되는 게 아니고 필히 아우라가 있어야 해. 포스만 보면 수십 년 된 베테랑이지 누가 신인 모델로 생각하겠냐고.

이 친구가 그러더라. 새로운 것에 도전할 때 너무 고민하면 안 된다고. 막말로 칠두 씨가 모델 지원할 때 이것저것 따지고

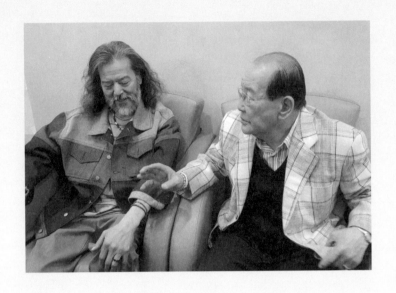

졌다면 지금 같은 인생 못 살았을 거야. 밑져야 본전이라는 생각 없이는 일을 벌이기 쉽지 않으니까.

그러니까 배우고 싶은 거 있으면 배우고 해보고 싶은 거 있으면 다 해봐. 너무 비장하게 준비하지 말고 칠두 씨처럼 가볍게. 그래야 중간에 이게 아니다 싶으면 유턴도 하고 새 길도 파고 그러지. 인생 모 아니면 도 같아도 도개걸윷모가 다 들어 있는 게 인생인 거야. 개가 나오든 걸이 나오든 거기서 답을 찾고 또 길을 내면 돼. 그럼 목적지까지 크게 돌아가진 않더라고. 암만.

7장 병수의 오늘

8장

사기당하기 좋은 시절

새겨들었어야 할 말

"형님은 남한테 당하지만 않으면 좋은데."

임이조 선생이 생전에 신촌 주점에 가끔 놀러 와서 내 사주를 봐주다가 한 말이야.

그분이 젊은 시절 동부이촌동에서 진짜 유명한 철학관을 했거든. 나중엔 춤에 전념하겠다고 정리했지만, 사주팔자를 얼마나 기가 막히게 봤는지 몰라. 2년 동안 학원 봐주느라 고생했다면서 오디션 보라고 할 때도 나한테 그랬어.

"형님, 이제부터 돈 좀 벌 겁니다. 떼돈은 못 벌어도 맘 편히 살 만큼은 될 테니까 걱정 마세요."

그랬더니 그대로 됐잖아. 다 자기 하기 나름이겠지만 나는 타고나는 팔자는 무시 못 한다고 생각해.

어느 날 임이조 선생이 나한테 그러는 거야.

"형님은 남한테 잘 넘어가는 것만 조심하면 돼요. 형님이 싫은 소리 못 하고 잘 웃는 성격이라 당하기 쉽거든요. 남의 말 잘 믿는 거, 그것만 조심하면 좋은데…."

내가 그 말을 새겨들었어야 했는데.

사실 그 말을 임이조 선생은 꽤 자주 했어. 그래서 내 성격을 아니까 생각해서 해주는 조언이라고만 생각했지, 그런 일이 앞날에 진짜 일어날 거라고는 생각을 못 한 거야. 내가 주변에 사람이 참 많았거든? 친구도 많고, 사업하다 친해진 손님도 많고, 지인이 소개해준 사람도 많았어. 그중에 어떤 놈이 사짜고 어떤 놈이 진짜인지 내가 어떻게 알았겠어. 첨엔 다 좋은 사이로 시작하고, 또 그동안 잘 지내온 세월이란 게 있는데….

돌아보면 주변 사람들이 나한테 그렇게 돈 꿔달라는 소리를 자주 했어. 몇 푼 안 되는 돈은 돌려받을 생각도 않고 내주고 그랬는데 그게 반복되다 보니까 나중엔 거절도 어렵더라?

내 등쳐먹은 친구 1, 2, 3

첫 번째 놈은 서울역에서 장사하던 친구였어.

내가 명동에서 양품점을 하던 때야. 장사가 안된다면서 다른 사업을 구상 중인데 같이 해볼 마음 없느냐며 돈 좀 보태 달라는 거야. 나는 내 가게가 있으니까 같이 하진 못하고 여윳돈만 빌려줬지. 삼천만 원 정도 빌려줬는데 그때가 1970년대니까 변두리에 아파트 두 채는 살 수 있는 돈이었어. 가게가 지척이라 자주 만나는 사이라서 그냥 믿고 빌려줬달까.

그러다가 내가 일이 있어서 한두 달 개를 못 만나고 통화만 몇 번 했는데 어느 날 전화를 안 받네? 사는 집까지 찾아갔더니 텅 비어 있어. 기분이 싸해서 그 친구 동생한테 전화했더니 형네 식구가 모두 브라질로 이민을 갔다는 거야. 헐….

몇 년 후에 브라질에서 한 번 연락은 왔어. 말 못 하고 가서 미안하대. 됐고, 언제 들어올 거냐고 물었더니 이혼하고 LA로 혼자 갈 건데 거기서 돈 벌어서 갚겠다는 거야. 한국에 있는 내가 뭐라 하겠어. 그래, 열심히 일해서 꼭 갚아라, 할밖에.

그러고 나서 1년 후에 뜬금없이 한국에 들어왔다는 소식을

등쳐먹능기
단골 선수

들었어. 주변 사람들한테 한국 떠나기 전에 나한테 돈 갚고 가

겠다고 그러더래. 어느 날 만나자고 하길래 이제야 내 돈 돌려

받는구나 기대하고 나갔어.

　그런데 내 돈 들고 튄 녀석이 수년 만에 나타나서 나더러 하

는 첫 말이 뭔지 알아? 뭐, 얼굴 좋아 보인다나? 그 뒤에 한 말
은 더 가관이야.

"3일 후에 LA로 돌아갈 건데 내가 돈을 얼마 안 갖고 들어와
서 비행기 삯이 좀 모자라. 백만 원만 빌려주면 돌아가서 금방
갚을게."

나 참 기가 막혀서.

"아이고 이놈아, 그게 나한테 할 소리냐?"

그렇게 따지면서도 또 그 돈을 구해다 주고 말았어. 비행기
삯이 없다는데 어떡해. 미국에 있는 직장에 돌아가서 일해야
내 돈을 갚는다는데. 지금이야 "내가 한 번 속지 두 번 속냐?"
이러겠지만, 그땐 아직 그 돈을 돌려받겠단 미련을 못 거뒀거
든. 그 뒤론 빤하지. 연락 두절.

LA에 사는 지인한테 들었는데 걔가 미국 가서 얼마 안 돼 무
슨 병인지 사고로 죽었다더라구. 젊은 나이에 죽었다니 '니가
내 돈 가지고 장난치더니 천벌 받았구나' 하고 말았지.

두 번째 놈도 똑같아. 사업 자금 빌려달래서 빌려줬더니 이
녀석도 그 돈 들고 미국으로 도망쳤어. 나 모르게 집 정리하고
가족들이랑 야반도주하더니 걔도 미국에서 죽었어. 마음 못되

게 쓰니까 그 먼 곳까지 가서도 결국 그 꼴을 당했나 싶어. 아무튼 내 돈 먹고 튄 녀석들은 다 잘살지는 못 하더라구.

세 번째 놈은 국민학교 같이 나온 동네 친구놈. 막역한 사이니까 의심도 안 하고 빌려줬지. 이 녀석은 죽었는지 살았는지 여태 소식이 없어. 상황이 좋아졌으면 슬쩍 얼굴 내밀 텐데, 고향에도 동창회에도 한 번 못 오는 걸 보면 개도 오지게 고생하고 살지 않을까 싶어.

나도 내가 한심해

듣고 있으려니 한심하지? 이런 이야기 자꾸 하다 보면 나도 속에서 불이 나. 어쩜 그렇게 당하고 살았을까. 어쩜 그렇게 한결같이 멍청할까. 임이조 선생이 그런 말까지 해줬으면 돈 빌려달라는 상황에 정신을 딱 차리고 거절해야지 왜 그걸 못하냔 말이야.

근데 당시에는 그 말도 생각이 안 나. 더 믿어선 안 되겠다는 예감이 들다가도 '에이, 저놈이 설마 나한테 그러겠어? 우리가 어떤 사인데' 이러면서 미련의 끈을 못 놓는 거야.

아무튼 뭐에 씌웠는지 나한테 돈 빌려 가서 안 갚은 놈들은 다 하나같이 찌그러졌어. 내가 창피해서 다 말은 안 했는데 이 녀석들 말고도 나 등쳐먹은 인간 더 있거든? 걔들 다 뒤끝이 안 좋아. 죄짓고는 못 사는 법이지.

암튼 사람이 경험에서 배운다고, 그렇게 당했으면 이제 그만 당할 때도 됐을 텐데. 나는 배운 게 없었나 봐. 앞서 잃은 모든 금액을 합쳐도 비교가 안 될 돈을 한 번에 잃어버렸으니… 지병수 일생일대의 실수, 조카놈 보증 사건이야.

조카놈 보증 서다가

내가 80년대 일본 드나들면서 돈을 좀 벌었잖아. 한국 돌아와서는 이태원 업소에서 6, 7년 열심히 모았고. 그때 번 돈으로 서울에 아파트를 한 채 샀어. 어차피 나는 가족이 없으니 노후에 편안히 살 곳을 마련할 요량으로. 그 아파트가 하루아침에 날아갔어. 도장 한 번 잘못 찍는 바람에.

IMF 무렵 사업하는 조카의 보증을 섰는데 그놈 사업이 찌그러져서 부도가 나고 만 거야. 처음 몇 년은 조카가 이자를 물더니 나중엔 낼 형편이 못 된다기에 내가 2, 3년 대신 물고 살았어. 그러다 나도 사정이 안 좋아져서 6개월 정도 이자를 못 냈더니 경매가 들어온 거야. 살고 있는 아파트가 눈앞에서 날아가게 생긴 거지. 미치고 팔짝 뛸 판인데 그 와중에도 경매는 좀 짜릿한 기억으로 남아 있어. 손에 땀을 쥐게 하는 스릴이 있었달까?

경매 날짜를 통보받은 뒤 조카랑 작전을 짰어. 우리도 경매에 참여해서 아파트를 도로 찾아와야 하는데, 도대체 얼마를 적어내야 할 것이냐, 그것이 문제였지. 걔가 그런 쪽에 지식이 좀 있었는지 시청 친구에게 조언도 구하면서 나름 전략을 짜더라고.

경매는 금액을 얼마로 써서 내느냐가 제일 중요해. 젤로 높은 금액을 제시하는 사람한테 매물이 넘어가지만 그렇다고 무작정 높게 적어내면 사는 사람이 그만큼 손해를 볼 수 있으니까. 그래서 최고 상한선을 잘 예상해서 그보다 살짝 높은 금액을 적어내는 게 경매의 관건이지. 조카가 여기저기 알아보더니 대략 얼마를 써넣으면 되겠다고 일러줬어.

경매장에 갔더니 사람이 바글바글해. 죄다 경쟁자야. 조카가 일러준 대로 예상 최고액에 딱 300만 원을 더 보태 적었어. 결과적으로 그 300만 원 때문에 아파트가 다시 내 앞으로 돌아왔지. 쉽게 말해서, 그 매물에 매겨진 최고 가치가 1억 5천이었다면, 내가 1억 5천 3백만 원이라고 적어서 근소한 차이로 낙찰된 거야. 1억 4천 900만 원이라고 적어냈어 봐, 보증금 몇 푼 받고 그냥 날렸을걸?

그때 기분은 말도 못 해. 인생 다시 사는 느낌? 하나님 부처님 공자님 맹자님 아버지 어머니가 입에서 다 튀어나와. 죽다 살아난 거지.

남의 빚 대신 갚기

어쨌든 낙찰금을 마련해 은행에 넣어야 하는데 나는 돈이 없잖아. 그래서 조카에게 이 돈은 어떻게든 니가 마련해서 내 앞으로 돌려놓으라고 엄포를 놨어. 나한테 그동안 지은 죄가 있으니 저도 미안했는지 어디서 돈을 해왔더라고. 간신히 원점이 된 건데 내가 거기서 딱 멈추질 못하고, 그 집을 담보로 다시 조카놈 보증을 서줬지 뭐야. 그 녀석이 하던 건설업이 다시 일어날 때라서 급한 불만 끄면 된다기에… 내가 그 부탁을 끝까지 거절했어야 했는데 그러질 못해. 무슨 귀신에라도 홀린 건지, 조카가 내 집을 살려냈으니까 다시 날릴 일은 없을 거라고 생각한 거야.

결국 조카놈이 또 말아먹고 도망가는 바람에 내가 매달 180만 원씩 3년을 물었지. 못된 놈이 제 처가는 물론 친구들 돈까지 죄다 빌려서 튀었더라고. 그 덕에 앞뒤로 꼬박 6년을 조카 빚 대신 갚느라 엄청 고생했어. 헌데 변변한 수입도 없는 마당에 그런 생활을 언제까지 계속할 수는 없겠더라고. 그래서 아파트 팔아서 은행 빚 갚고 남은 돈으로 전세 얻어 살다가 그마저도 여의치 않아서 지금 사는 월셋집으로 온 지 이제 4년째야.

그때 판 아파트가 지금 두 배도 넘게 뛰었으니 그게 안 날아갔다면 얼마나 좋았을까….

날아간 아파트 수는 세어 무엇하리

내가 사기를 안 당했으면, 보증을 안 섰으면, 임이조 선생이 한 말을 기억했으면 얼마나 좋았을까. 매일 그런 후회를 했어. 조카 대신 은행 빚 갚느라 허덕일 때도 마찬가지지만, 노후 대비로 산 아파트가 끝내 날아갔을 땐 몇 개월을 끙끙 앓을 만큼 힘들었지.

근데 그 상태에 계속 빠져 있으면 꼼짝없이 죽겠더라고. 그런다고 누가 내 돈 찾아줘? 건강이나 축나지. 그래서 훌훌 털고 복지관 다니면서 지금 이렇게 사는 거야. 그 돈이 내 것이 아니려니까 그렇게 된 거라고 좋은 쪽으로 생각하면서. 돈은 잃었지만 건강은 챙겼다고 위로하면서. 막말로 그 돈 다 손에 쥐고 아파트에서 산들 지금처럼 건강하지 않으면 뭔 소용이야. 그 돈 다 병원 퍼주다가 인생 종 칠 수도 있는 거 아냐?

거짓말 않고 나는 건강이 최고의 재산이라고 생각해. 내가 사실 이렇게 건강한 사람이 아니었거든. 세 살 때까지 무지 앓아서 다들 얘는 얼마 못 살다 가겠다고 했어. 어느 날은 미동도 않고 간신히 숨만 붙어 있는 나를 아버지가 골방에 내동댕이쳐

행복이 별건강?
속병 없이 살면 장땡이지

놓으셨대. 살리길 포기한 거지. 근데 어머니가 아직 숨이 붙어 있으니 마지막이라 생각하고 딱 한 번만 아무 주사라도 맞혀보자고 사정해서 의사를 불러온 거야. 의사는 내가 무슨 병인지도 모르는데 어머니가 뭐든 좋으니까 주사 한 방만 놔달라고 애걸복걸해서 주사 한 방 놔주고 갔다나. 그랬더니 미동도 않던 애가 몇 시간 후에 몸을 뒤척이더래. 그 뒤론 잔병치레 한번 없이 컸으니 신통방통허지. 병수 너는 엄마가 살린 거니까 커서 잘 혀라. 내가 그 말을 누나들한테 귀에 인이 베이도록 들으며 컸어.

그러니까 나는 사실 인생 두 번 사는 거라 이 말이야. 막말로 아무것도 못 해보고 하늘나라 갈 뻔한 꼬맹이가 이렇게 살아서 요것 저것 해봤으니 득 본 인생이지. 그러니 날아간 아파트 수는 세어 뭐해. 마음 비우고 속병 없이 사는 거, 그게 지금 내가 어머니한테 잘하는 유일한 길인데.

젤로 잘한 일, 젤로 못한 일

내가 살면서 제일 보람 느낀 게 언제냐면 떨어져 있던 부모님 묘소를 합장한 날이야. 살아생전 그렇게 금실이 좋으셨는데 두 분 묘지가 멀리 떨어져 있는 게 늘 걸렸거든. 철이 들고 나서 형님들한테 야속한 게 그거였어. 그렇게들 잘살았으면서 왜 부모님 모실 곳을 준비할 생각은 안 했을까. 명색이 11남매나 되는데도 부모님 집에 모이면 술 마시고 놀기 바빴지, 어느 한 사람 부모님 생각을 안 한 거야.

일본 왔다 갔다 하며 공연할 때 향수병 때문인지 그 생각이

간절했어. 이젠 형님들도 거즘 돌아가시고 안 계시니 나라도 두 분을 같이 모시자. 그래서 열심히 번 돈으로 고향에 산을 샀지. 그 산에 두 분 묘지를 이장해서 새 잔디를 쫙 깔아드렸을 때 얼마나 기뻤는지 몰라.

'엄니 아부지, 막둥이가 이런 일을 다 했어요. 형님들이 아무도 못 한 거, 병수가 했어요!'

한 3일은 묘지 앞에서 울었던 거 같아. 내가 형님들 그늘을 벗어나서 단독으로 결정한 최초의 집안일이었으니 얼마나 뿌듯했겠어. 지금까지 내가 한 일 중에 젤로 잘한 일이었지.

철들고 나서 내가 부모님께 잘한 건 딱 그거 하나였는데 그 산을 정리해야 했을 땐 얼마나 마음 아팠는지 몰라. 조카놈 보증 사건이 터지면서 그 산까지 남한테 넘어갔다가 찾아오길 반복했거든. 그러다 끝내 못 찾고 말았지. 결국 부모님 유골을 화장해 수목장을 치렀는데 그 산마저 재개발되는 바람에 지금은 어디에도 부모님 흔적을 찾을 수가 없어. 납골당에라도 모셨으면 이 슬픔이 덜했을까?

세월이 좀 흘렀지만 지금도 고향에 내려가면 마음이 너무 괴로워. 부모님께 큰 불효를 저지른 거 같아서. 그 죄송한 마음을 담아 매일 아침 합장을 한다. 엄니 아부지, 이 못난 아들을 용서하세요.

피차 기회를 주자

이놈 새끼, 잘살구 있냐? 전주 어디에서 택시 운전하면서 근근이 살고 있다는 소린 전해 들었다.

듣자 하니 친구들하고도 연을 끊고 친지 모임에도 영 안 나타난다 더라. 면목이 없어 그랬겠지만, 삼촌 어떻게 지내시냐고 건너 건너라 도 묻는 시늉 한번 없으니 그것도 너답구나.

내가 빚 갚느라 한창 쪼들릴 때 너 원망 많이 했다. 못된 짓은 네놈 이 했지 니 처와 자식들이 무슨 죄가 있겠냐마는, 생활비 한 푼이 아 쉬울 땐 번듯한 직장 다니는 니 두 아들마저 원망스럽더라. 니가 나 한테 미안한 마음이 있었다면 "아버지 때문에 할아버지 신세가 저렇 게 됐으니까 너희들이라도 가끔 할아버지 찾아뵙고 챙겨드려라." 말이라도 이렇게 할 수 있지 않았냔 말이다.

너는 나한테 큰 피해를 줬지만 이미 지나간 일, 더는 앙금 있는 말 해서 뭣 하겠냐.

너도 어느덧 육십이 다 됐겠구나. 내가 TV에 나오는 거 봤냐? 이 삼촌이 비록 월세 살고 있지만 니가 찾아오면 술 한 잔 사줄 여력은 있다. 다만 용서는 꼭 빌어야 헌다. 사람한테는 생략하면 안 되는 게 있는 법이야. 남한테 피해를 줬으면 진심으로 반성하고 사과를 해야 하는 거다.

"삼촌, 제가 죄송했어요. 앞으로 용서 비는 마음으로 살게요."

니가 그렇게 나온다면 나는 너를 용서할 마음이 있다. 내가 너한 테 당한 세월이 있어서 아직 마음이 완전히 먹어지진 않지만 결국은 용서로 가는 삶을 살라고 세상 모든 종교가 가르치지 않냐.

그러니 혹시 이 글을 읽게 되면 생각해 봐라. 나는 너에게 사죄할 기회를 주고 싶으니 너는 나에게 용서할 기회를 줘. 내 속이 넓지는 못해서 순서를 바꿀 맘은 없으니까 그리 알어라.

9장

병수의 오늘

병수의 오늘

눈물의 생일파티

나는 1943년 8월생이야. 여태 크고 작은 생일상을 많이 받아봤지만 그래도 지난여름 맞은 일흔일곱 번째 생일은 오래도록 못 잊을 거 같아.

동호 동생이 식사나 같이하자고 저녁에 나를 불렀어. 귀빠진 날이라고 부러 챙기는 건 알았지만 동호 동생네 가족들과 저녁 한 끼 먹겠거니 생각했지. 근데 고깃집 앞까지 웬일로 동호 동생이 마중을 다 나와 있어. 평소답지 않게 점잖은 에스코트를 받으면서 방으로 들어가는데, 갑자기 요란한 박수 소리가 쏟아지는 거야.

　서른 명 남짓한 완구점 식구들과 평소 친하게 지내는 장근 동생, 종석 동생, 용체 동생, 용철 동생까지 다 와 있더라고. 미리부터 준비했는지 식당 한쪽 벽면을 생일축하 장식으로 도배를 해놨어. 한가운데에 '할아버지 77번째 생신을 축하합니다' 란 글자가 큼지막하게 걸려 있고 빨간 하트 장식까지 뿅뿅 붙여놨더만. 세상에, 전부 동호 동생 처가 기획한 거래.

　"늘 건강하세요. 오늘부터 아버님이라고 부를게요."

　동호 동생이야 나를 형님이라고 부르지만 제수씨는 나를 오빠라고 부를 수도 없고 그동안 호칭이 난감했던가 봐. 생일날 졸지에 딸이 하나 생겼네?

　친구 몇이랑 늦게 퇴근한 둘째 양아들까지 합류하니 생일 분위기가 나. 못 먹는 술이지만 이런 날 안 할 수가 있나. 고깔모자에 종이 선글라스까지 끼고 맥주잔을 주고받으니 기분이 붕 뜨데.

　조금 있으니까 불이 꺼지더니 동호네 아들이 케이크를 들고 나왔어. 큰 초가 일곱 개에, 작은 초가 일곱 개. 꽉 찬 내 나이를 감당하느라 케이크가 비좁을 판이야. 소원을 빌고 촛불을 부는데 술기운인가, 주책맞게 눈물이 나려 그래. 내가 뭐라고 형제 간에도 안 챙겨주는 생일을 이렇게….

화장실 간다고 하고 밖으로 나오는데 눈치 없는 인간들이 따라 나오는 거야.

'병수야, 너도 주책이다. 다 늙어서 생일상 받았다고 우냐? 너 울면 안 돼. 알았냐?!'

속으로 단단히 일러뒀는데 뒤따라 나온 완구점 본부장이 쐐기를 박지 뭐야.

"영감님, 참 좋은 날이네요. 일흔일곱, 숫자 좋잖아요? 그동 안 고생 많으셨는데 이제 좋은 일만 있을 거예요."

그 말에 애써 참았던 눈물이 터져버렸어. 카메라 앞에서 울 다 웃다 아주 쇼를 했네. 이 나이에 생일상 받고 울 줄 누가 알 았을까. 늙으면 애가 된다더니, 누가 나를 생각해주는 것만으 로도 이제는 눈물이 난다잉.

마음이란 게 참 희한하지? 얼마 전에는 그렇게 세상 혼자인 양 외롭더니 이날은 아무도 안 부러워. 온몸에 훈풍이 도는 게, 다 내 형제고 자식 같아.

내가 늘그막에 복이 많은가 봐. 주변에 좋은 인연이 자꾸 늘

참으로
행복하다

어나니. 이만하면 최고 좋은 선물이다. 그치?

팔십 독신남의 살림 솜씨

나는 웬만한 건 다 내가 해야 직성이 풀려. 청소면 청소, 빨래면 빨래, 요리도 한번 하면 제대로 해야지, 중간은 없는 성격이야.

16평 남짓한 작은 집에 남루한 살림이지만 시간 날 때마다 쓸고 닦고 꼼꼼히 관리해. 내가 〈만물상〉, 〈알토란〉, 〈생생 정보통〉, 〈엄지의 제왕〉 같은 프로 엄청 좋아하거든? 한가할 땐 채널 고정해 놓고 쏠쏠한 정보들은 바로바로 실천하고 그래. 여름철 곰팡이 제거법부터 친환경 주방세제, 만능 얼룩 제거제, 천연 감기약 제조법까지 품만 조금 팔면 굳이 공산품을 살 필요가 없어.

내가 여름철에 특히 신경 쓰는 게 식기 살균이야. 펄펄 끓는 물에 온갖 주방용품을 수시로 삶으니까 식중독 위험도 줄고 벌레도 안 꼬여. 담배 피우는 남자 둘이 사는 집이니 환풍도 필

수지. 한겨울에도 30분씩 창문을 열고 탁한 공기를 빼내야 홀아비 냄새가 안 나.

지금이야 식사를 거의 밖에서 해결하니까 요리할 일이 드물지만, 어쩌다 찌개라도 끓이면 조리사 아들이 엄지척을 딱 해줘. 요리란 게 사실 어려울 게 없거든. 기본양념만 있으면 한식은 얼마든지 응용이 가능하니까.

하수나 양념을 복잡하게 하지, 재료가 신선하면 소금 간만 해도 깊은 맛이 우러나. 재료도 이것저것 많이 넣지 않고 간단하게 꼭 필요한 것만. 나는 쌀쌀해지면 참게를 사다가 야무지게 씻어서 조선간장에 그냥 담가둬. 다른 양념 필요 없이 간 마늘만 왕창 넣어서. 몇 개월 후에 꺼내 먹으면 다른 반찬 없이도 밥 한 그릇 뚝딱이지.

일전에 모 요리 프로에 나갔는데 깜짝 놀랐지 뭐야. 요리 잘하기로 유명한 사람의 조리법대로 똑같이 따라 했는데 맛이 너무 없어서. 다른 사람들은 다 맛있다고 칭찬 일색인데 내 입맛엔 영 아니더라구. 늙어서 입맛이 변한 건가? 아니면 내가 뭘 잘못 넣은 거야? 별별 생각을 하면서 맛을 보는데 나만 영 딴 세상 사람 같더라니까. 그렇다고 요리 프로에 나와서 맛없다고 할 수도 없으니 표정 관리하느라 아주 혼났어.

당해봤나, 길거리 캐스팅

"영화 한번 출연해보시겠어요?"

내가 이래 봬도 15년 전 영화감독한테 길거리 캐스팅 받은 몸이야. 정확하게 말하면 길거리 캐스팅이 아니고 가라오케 캐스팅이지만.

종로에 있는 후배네 가라오케에 놀러 갔을 때야. 일행들하고 어울리고 있는데 웨이터가 와서 저쪽 분이 잠깐 보고 싶어 한다는 거야. 보니까 웬 남자가 꾸벅 인사를 해. 자기가 영화감독인데 영감님 노시는 모습이 너무 재밌어서 한참을 지켜봤다는 거라. 내가 친구들한테 하는 행동이나 노래 부르는 모습을 한 시간 남짓 봤는데 자기 영화에 나오는 배역이랑 딱 맞을 거 같아서 캐스팅하고 싶대. 남들은 연기하고 싶어서 오디션도 찾아다니고 막 그러던데, 하여간 이놈의 끼는 얻어걸리기도 잘 얻어걸려. 으허허허.

"제가 할 수 있을까요?"

"아휴, 웃는 인상이랑 몸짓이 역할에 딱입니다."

들어보니 유원지의 한 카페에서 할머니랑 같이 장사하는 할아버지 역할이야. 대사는 크게 없고 홀을 왔다 갔다 하면서 서빙만 하면 되겠더라구. 한번 해보겠다고 하고 며칠 후에 수서 인근에 있는 촬영장으로 찾아갔어.

아침 일찍부터 저녁까지 촬영장에 있었는데 나는 배우와 스태프들이 그렇게 고생하는 줄 그때 첨 알았어. 열 몇 시간을 찍고 기다리고 찍고 기다리고…. 그게 아주 생활이더라니까? 나야 그래도 대사가 몇 줄 되니까 중간중간 쉬어가면서 하면 되는데, 엑스트라들은 진짜 고생이 말도 못 해. 꼭두새벽부터 와서 잠깐 지나가는 한 장면 찍으려고 무한정 기다리는 거야. 찍고 나서도 가지를 못 해. 하루 일당 7만 원을 받으려면 촬영 끝날 때까지 남아 있어야 하거든. 밥이나 잘 나오나? 변변한 음료도 없어. 안쓰럽더라구.

나도 비중이 크지 않은 조연이었는데 같은 장면을 열 번 스무 번씩 찍으니까 나중엔 지치더라. 어려운 대사도 아니고 "어서 오세요.""맛이 어때요?" 뭐 이런 건데도 그 사람들은 대충

찍는 법이 없어. "그만해도 될까요?"하고 물었더니 "나중에 편집하려면 씬이 여러 개 나와야 합니다." 이러는 거야. 결국 저녁 여섯 시쯤 끝내줘서 집에 가는데, 너무 지쳐서 몸에 힘이 하나도 없었어. 그날 하루 잠깐 경험한 건데도 영화 찍는 게 보통 일이 아니란 걸 알겠더라니까. 겉으론 화려하고 재밌어 보여도 현장은 완전 노가다야.

출연료가 얼마인지도 모르고 집에 왔는데 나중에 보니 통장에 150만 원 넣어줬더라구. 조연급 최하 수준으로 받았지만 그래도 하루 고생하고 그게 어디야.

몇 달 후에 서울극장에서 개봉했다는데 잠깐 일본에 있을 때라 나는 못 봤어. 돌아와서 보려고 했더니 한 달도 안 돼서 영화를 내렸더라. 망했나 봐. 그 영화 제목을 적어뒀으면 좋았을 텐데 통 기억이 안 나. 청춘은 말이 없다? 대충 그런 제목이었던 거 같은데…. 감독 이름도 까먹었고 주연 배우가 누군지도 몰라서(그날 촬영장엔 주연 배우가 안 왔어) 내 인생 최초의 연기가 어땠는지 알 길이 없어. 뭐, 보나 마나 발연기였겠지만.

일흔일곱의 신곡 발표

2019년 10월 말에 〈일어나세요〉라는 노래를 유튜브에 공개했어. 지난여름부터 동호 동생이랑 재미로 추진한 건데, 녹음실에 가서 조금씩 불러보다가 어찌어찌 신곡 발표까지 하게 됐지.

부동산 사이트 광고 촬영하다가 음악감독님을 한 분 만났는데, 광고 음악을 만든 분이래. 동호 동생이 그 얘길 듣더니 감이 왔는지 사비까지 들여서 할담비 신곡을 부탁한 거야.

행사에 가면 보통 10분을 줘. 그럼 무대에 올라서 부를 수 있는 곡이 〈미쳤어〉하고 〈인디안 인형처럼〉 두 곡 정도야. 근데 만날 그것만 부르니까 식상하잖아. 내 주특기가 흥인데 좀 더 신나는 댄스곡이 있으면 좋겠다, 그러려면 남의 노래만 부를 게 아니라 아예 할담비 스타일에 맞춘 노래를 만들면 어떨까? 동호 동생이 이렇게 사업가다운 머리를 굴린 거지.

〈일어나세요〉는 전자음이 가미된 디스코 풍 노래야. 남녀노소 누구나 쉽게 따라 부를 수 있게 너무 빠르지도 않고, 무엇보다 가사에 담긴 메시지가 참 좋아.

예~ 할.담.비. 안녕하세요! 반가워요! 이렇게 만나서 놀랍죠, 와!

힘들게 달려왔단 걸 아는데~ 열심히 살아가는 걸 아는데~

왜 그대 맘은 이렇게도 허전한 바람이 불까.

그대도 하고 싶은 게 있는데~ 당신도 이루고픈 게 있는데~

아직까지 그렇게도 겁이 나는 건 왜일까.

걱정 마세요! 나도 이렇게 하잖아요. 렛츠고!

일어나세요! 함께해요! 지금도 늦지 않았어요, 예!

눈치 보지 마요! 함께해요! 내 인생 다시 시작이야, 예!

1절 가사야. 신나지? 저번 내 생일 때 사람들한테 들려줬더니 반응이 좋았어. 흥이 절로 난대. 막춤 추는 간주 구간이 있어서 내가 신나게 춤도 추고 짧은 랩도 한다?

동호 동생이 제목도 짓고 작사 작곡 여기저기 손보면서 관여를 많이 했어. 가사를 이렇게 고쳤다가 저렇게 고쳤다가, 음을 올렸다가 내렸다가…. 어찌나 까탈스러운지 누가 보면 프로듀서인 줄 알겠더라고.

이걸로 큰 인기 끌어보겠다는 기대는 안 해. 그냥 사람들이 듣고 힘낼 수 있는 노래를 들려주는 게 우리 목표지. 일상에 매몰되지 말고 깨어 일어나라, 지치지 마라, 이 노인네도 하고 싶은 거 찾아서 이렇게 시작하지 않았느냐, 그러니 너들도 눈치 보지 마라 그거야.

얼마 전에는 '춤추는 이강사'라고, 유튜브에서 유명한 춤 강사분한테 가서 안무까지 배우고 왔어. 내 춤은 아무래도 좀 단조로워서 더 신나는 춤사위를 선보이려고. 노래가 인기를 얻으면 수익금 일부를 독거노인 돕기에 쓰고 싶어. 그러니까 많이들 관심 가져주라잉?

마법의 짜장면 시구

날씨도 좋았던 2019년 5월, 케이티 위즈 야구팀에서 시구 제안이 들어왔어. 스타 중의 스타만 한다는 시구를 나더러? 자꾸 헛웃음이 터져 혼났네.

스타디움에 도착하니까 등 번호 77번이 박힌 유니폼을 내줘. 그걸 입으니까 이제 진짜 시구를 하는구나 싶더라. 내가 한창 시절부터 구기 종목은 못 하는 게 없는 운동부 출신이지만 공

안 던져본 지가 몇십 년이잖아. 포수한테 공이나 닿을까 걱정인데 동호 동생이랑 유튜브 찍어주는 청년이 내가 유니폼 입고 있으니까 감독님 포스가 난다며 추켜세워주네? 그러고 보니 내가 봐도 좀 그런 거 같아.

선수들이 경기 전에 몸을 푸는 실내 야구장에서 응원단장이 시구 연습을 도와줬어.

일단 공 잡는 법부터. 검지와 중지를 넓게 벌려 공을 감싸고 엄지는 살짝 거든다는 느낌으로 공의 하단을 받치는 거야. 손가락에 너무 힘주지 말고 편안하게 공을 쥔 상태로 손목 스냅을 이용해서 던지는 거지. 던질 때는 겨드랑이를 힘껏 열고 대범하게. 그래야 공이 멀리 날아가.

두 번째는 눈빛이야. 마운드에 들어서서 포수를 제압하는 레이저 눈빛 약 5초간 발사. 내가 오늘 네놈 글로브에 불이 나게 해주겠다, 뭐 그런 뜻이야.

세 번째가 제일 중요한 스텝. 일단 시구 직전에 몸을 옆으로 빼딱하니 서서는 왼다리를 한껏 들어 올리면서 무릎을 접어. 여기까지가 스텝 원. 그다음에 왼다리를 다시 내려놓으면서 몸의 중심을 왼다리에 실어. 이게 스텝 투. 동시에 공을 쥔 오른

손을 글로브에서 꺼내 냅다 앞으로 쭉 뻗으면서 불꽃 송구. 이게 스텝 쓰리야. 근데 처음엔 잘 안 돼. 순서가 몸에 자연스럽게 배어야 하는데 나는 처음이라 스텝이랑 동작이 엉겨버려. 그래도 응원단장이 나 같은 사람 많이 봤는지 차근차근 설명해주더라고.

"헷갈리실 땐 입으로 짜.장.면. 이렇게 소리를 내면서 동작을 해보세요. 훨씬 쉬워요."

거기서 왜 짜장면이 나와? 내가 암만 노인이어도 말귀 못 알아먹는 유치원생도 아닌데 너무 얕보는 거 아녀? 그래도 일단 몸이 안 따라주니 해야지. 옛다, 짜~ 장~ 면!

근데 이게 효과가 있는 거라. 한 음절씩 구호를 외치니까 스텝이 꼬이지를 않더라구. '짜'에 스텝 원(학다리 접기), '장'에 스텝 투(왼다리 원위치), '면'에 스텝 쓰리(던지기)가 자연스럽게 따라와. 일명 마법의 짜장면 시구. 이건 뭐, 던지는 족족 스트라이크 존이야.

이십 분 속성 과외를 마치고 불꽃 마구를 선보이러 지상으로 올라갔지. 근데 실전은 실전이야. 연습과 많이 달라. 운동장에 들어서는데 관중석에서 들리는 환호에 일단 집중력을 상실했어. 사방이 뻥 뚫려 그런가, 포수와의 거리도 연습 때랑은 다르게 너무 멀어 보이고. 결정적으로 던지기 직전 레이저 눈빛 발사에 실패. 멀어서 포수 눈도 안 보이는 데다가 긴장이 돼싸서 자꾸 실웃음이 터지는 거야. 간신히 짜장면만 떠올리면서 공을 던졌지 뭐야.

결과는 스트라이크 존을 살짝 벗어난 볼. 그래도 공에 꽤 힘이 실렸는지 묵직한 글로브 소리에 관중들도 놀라더라고. 그걸 보고 어떤 사람은 '9회 말 2사 풀카운트 낫아웃 상황에 그라운드 홈런을 친 느낌적 느낌'이라는 댓글을 남겼다나. 믿거나 말거나야.

그래도 내가 시구하기 전까지 꼴찌를 달리던 케이티가 나중에 5위까지 치고 올라오더니만 시즌을 6위로 마무리했어. 다음 시즌엔 더 분발해서 2위까지 올라가시라. 1위는 아무래도 내가 응원하는 기아가 하면 좋지. 근데 지난 시즌 성적으론 어림없어. 7위였거든.

그러고 보니 새해엔 기아팀에서 이 지병수를 시구자로 불러주면 좋겠네. 한번 해봤으니까 다음번엔 더 완벽한 짜장면 시구를 할 수 있고말고. 혹시 알어? 내가 응원곡으로 〈일어나세요) 부르고 내려오면 그 기운 받아서 다음 시즌 승승장구할지?

동창회 단상

서울 을지로에 중고등학교 동창회 사무실이 있어. 시간 있는 친구들끼리 종종 모여서 백 원짜리 고스톱 치면서 머리 돌리고 노는 데야. 젊었을 땐 사회에서 다들 한 주름 잡더니만 나이 먹으니 어느새 이렇게 모여 노는 게 소소한 낙이 됐지.

지난 3월에 〈전국노래자랑〉 녹화를 마치고서 친구들한테 소식을 전해줬어.

"나 〈전국노래자랑〉 나가서 인기상 탔다잉."

"니가 몇 살인데 그런 델 나가, 미쳤냐?"

"응. 노래 제목이 미쳤어야."

허물없는 사이라서 축하고 뭐고 다 생략하고 "이놈이 국악을 배우더니 늦바람이 요란하다."며 다들 야단이었지. 아무도 예상하지 않은 지병수의 오늘이지만, 친구들은 평가도 핀잔도 않고 뭘 하든 건강이나 잘 챙기라면서 무심히 응원해줘.

9장 병수의 오늘

일전에 아주 오랜만에 만난 동창이 있었어. 대학 입시 준비로 마음이 분주할 때 나에게 경찰대를 준비해보라고 말해줬던 강국이.

"병수 너는 운동도 만능이고 머리도 좋으니까 나랑 같이 경찰대 가자."

경찰? 그때는 부모님 반대로 유도도 접고 무용도 접어야 했던 때라 내가 아주 의기소침해 있었어. 경찰대 가면 사방팔방 도둑놈 잡으러 뛰어다니는 줄로만 알아서 크게 매력을 느끼진 않았지. 그래도 친구가 권하니까 마음이 동해서 부모님께 말씀드렸더니 또 몸 쓰는 일이라고 반대. 결국 마음을 못 정하고 이 학교 저 학교 기웃거리는 사이 그 친구만 경찰대에 합격했어. 경찰청장까지 하다 퇴직했으니 강국인 동창 중에서도 아주 잘된 케이스지.

동창회에서 오랜만에 만난 강국이가 말하더라.

"니가 그때 나랑 같이 경찰대 갔으면 나보다 더 잘됐을 건데."

그랬을까? 운동도 체격도 집안도 내 쪽이 나았으니까 그랬을 수도 있겠지. 근데 살아보니 사람 팔자 다 다르더라. 강국이에겐 강국이의 길이, 병수에게는 병수의 길이 있는 거지.

어떤 인생이 더 낫다고 함부로 말할 수는 없지만, 남들 은퇴할 나이에 나는 데뷔를 했으니 얼마나 재미있는 반전이야. 꼭 청춘의 때에 바라던 걸 못 이뤘다고 실패한 건 아니다 이 말이야. 지금 당장 내가 원하는 걸 누리면야 그것처럼 뽀대 나고 수월한 인생이 없지. 근데 바라는 대로만 살아지나.

원하는 걸 원하는 때에 얻고야 말겠다는 건 오만이야. 노력은 사람이 하지만 때를 정하고 상황을 만들어주는 건 하늘의 영역이니까. 인간은 최선만 다하면 돼. 착실히 땅을 일구고 씨를 뿌리는 거야. 그러다 쨍하고 볕이 들고 하늘이 비를 내리면 이때다 하고 피는 거지. 너들도 뭔가를 꾸준히 하다 보면 다 때를 만날 거야. 그러면 쑥쑥 자라 활짝 펴라.

인기가 사라지는 날

"아따, 송가인만 아니었으면 올해의 인물은 우리 할담빈데."

"내 말이~"

동호 동생이랑 만날 이러고 놀아.

말은 이렇게 해도 내가 모를까. 제 흥에 겨워 사는 노인네를 고운 눈으로 봐주는 사람들 덕에 오늘의 할담비가 있다는 거.

그분들 덕에 2019년을 참 바쁘게 살았지만 더 이상 사람들이 나를 찾지 않으면 어쩌나 걱정하지는 않아. 애초에 시들고 말고 할 인기도 없거니와 세상이 알아주지 않았을 때도 나름 인생 즐기면서 잘 살았는데 뭐. 아마 인기가 다 사라지고 아무도 불러주지 않는 날이 오면 내심 반가울지도 모르겠어. 어쩔 땐 평범하게 살던 예전이 그리울 때가 있거든.

한가해지면 복지관에도 예전처럼 빠지지 않고 다니고, 반년 넘게 못 가본 손주네도 놀러 갈 거야. 춤 학원도 다시 다니면서 나랑 닮았다는 할머니도 한번 만나야지. 좋아하는 노래 맨날 듣고 춤이나 실컷 추면서 신나게 살 거야. 좋아하는 것 한두 가지만 있어도 사람은 덜 외롭고 인생은 살아지거든? 그러니 너들도 좋아하는 거 몇 개는 꼭 손에 쥐고 살어. 취미가 있다는 건 갈 데가 있다는 뜻이니까. 그곳에선 누가 뭐래도 한평생 놀 수 있어.

평생을 놀던 가닥으로 살았지만 인생이 어디 즐겁기만 했을

라구. 쳐다도 보기 싫은 세월이 얼만데. 돌아보면 나는 실패의 연속이었어. 남의 기준으로 선택한 학교, 허송세월하듯 흘려보낸 이십 대, 연거푸 엎어졌던 장사, 단골처럼 당했던 사기, 남들처럼 이루지 못한 평범한 가정…. 하지만 나는 내 힘으로 어쩌지 못하는 것들에 연연하기를 멈췄고, 덧없이 잃어버린 것은 다른 좋은 것을 얻기 위해 치른 대가라고 생각하면서 살기로 했어. 돈은 잃었지만 건강은 지켰다. 처자식은 없지만 그만큼 자유롭다. 이십 대는 비루했지만 사십 대는 찬란했다. 몸은 피곤하지만 마음은 즐겁다. 이런 식으로.

사는 건 지극히 평범하고 견뎌야 할 게 너무 많지만 남한테 해코지하지 않고 성실하게만 살면 좋은 날은 찾아온다고 봐. '얼굴엔 웃음, 마음엔 여유, 가슴엔 사랑'. 내 수첩에 적힌 좌우명이야. 마음에 여유를 가지고 늘 웃으면서 살면 어느새 사랑이 오고 간다는 뜻이지. 이 삼박자를 지키고 살았더니 내 인생에도 뜻밖의 봄날이 왔잖아.

늙으면 많은 걸 잃게 되지만 삶은 멈추는 법이 없어. 끝없이 쇠퇴하는 일만 남은 것 같아도 어떤 에너지는 계속 늘어난달까. 지난날에는 없던 용기, 좀 더 남을 품어가는 마음, 인생의

지혜 같은 그런 거. 내가 그걸 조금이라도 세상에 전했다면 지병수 인생은 성공한 거야. 암만.

지병수를 맞혀봐!

1. 병수는 기부를 좋아한다. 방송 출연후 병수가 최초로 기부한 곳은 어디?

① 고향 노인정

② 지역구 어린이집

③ 종로노인복지관

④ 자신에게 기부

2. 병수는 <전국노래자랑>에 나가 <미쳤어>로 이 상을 탔다. 어떤 상?

① 최우수상   ② 우수상

③ 인기상   ④ 크로와상

3. 병수는 사방천지가 평지인 이곳의 넓은 들판에서 태어났다. 전북에 속한 이 고장은?

① 목포   ② 순천

③ 김제   ④ 전주

4. 병수가 일흔일곱에 발표한 신곡의 제목은?

① 식사하세요   ② 사과하세요

③ 일어나세요   ④ 안녕하세요

5. 병수는 명동에서 양품점을 열 때 자신이 좋아하는 이탈리아 의류 브랜드 이름을 따 가게 이름을 지었다. 그 이름은?

① 나이키   ② 부르뎅

③ 듀반   ④ 뱅뱅

6. 병수는 뭣 모르고 불공정계약을 할 뻔했다. 이를 막은 일등공신은?

① 첫째 양아들   ② 둘째 양아들

③ 매니저   ④ 손자

7. 바쁜 스케줄로 인해 병수는 요즘 자주 피곤을 느꼈다. 병수가 하루 중 가장 예민해지는 때는 언제?

① 저녁 ② 점심

③ 아침 ④ 새벽

8. 병수는 6남 5녀 중 몇 번째로 태어났을까?

① 첫 번째 ② 여덟 번째

③ 열한 번째 ④ 사실은 외동

9. 병수는 대학 입시를 앞두고 가고 싶은 분야를 몇 개 선택했는데 부모님의 반대로 뜻을 접고 말았다. 다음 중 학창 시절 병수의 관심 분야가 아닌것은?

① 무용 ② 유도

③ 미용 ④ 경찰

10. 병수가 육십 대에 길거리 캐스팅으로 영화에 출연하고 받은 출연료는?

① 7만 원 ② 80만 원

③ 150만 원 ④ 300만 원

11. 친자식이 없는 병수는 죽음을 미리 준비하며 이것을 생각해본 적이 있다. 이것은?

① 산중 칩거 ② 유산 정리

③ 장기 기증 ④ 소식(小食)

12. 병수는 천성적으로 이게 얇다. 그 때문에 사기도 많이 당했는데 얇아서 걱정인 이것은?

① 눈꺼풀 ② 피부

③ 귀 ④ 머리카락

13. 병수는 인생 첫 오디션에서 어떤 이유로 오디션을 못 볼 뻔했다. 그 이유는?

① 일본어를 못해서

② 혀가 짧아서

③ 뚱뚱해서

④ 무대 공포증이 심해서

14. 병수는 십 대 시절 주먹 좀 쓰는 학생이었다. 병수가 소속돼 있던 무시무시한 클럽의 이름은?

① 피바다 클럽

② 조이력 클럽

③ 빤찌 클럽

④ 바디스크럽

15. 병수는 고고장 1세대다. 고고장에서 병수가 플로어를 주름잡았던 춤 장르는?

① 브레이크댄스   ② 팝핀

③ 디스코   ④ 살풀이

16. 믿기지 않지만 병수는 어렸을 때 만석꾼 집에서 태어난 부잣집 도련님이다. 병수가 기억하는 논밭은 최대 약 몇 필지?

① 5필지   ② 10필지

③ 13필지   ④ 30필지

17. 병수에게 춤을 전수한 스승의 이름은?

① 손담비   ② 이매방

③ 임이조   ④ 매염방

18. 병수는 학창 시절 지리산으로 무전여행을 떠났지만 정상에 이르지는 못했다. 그 이유는?

① 뱀에 물려서   ② 길을 잃어서

③ 간첩으로   ④ 독버섯을
    오해받아서   먹어서

19. 매니저 송동호는 사업을 하고 있어 이를 매니저 일과 겸하고 있다. 본디 그가 하는 사업은?

① 식당   ② 음반기획사

③ 완구점   ④ 광고대행사

20. 병수는 방송국에서 최고령 출연자에 속하지만 별명이 할미넴인 이분 앞에선 예외다. 병수의 두 손을 공손히 모으게 하는 이 누님은?

① 강부자   ② 김혜자

③ 김영옥   ④ 김수미

(정답은 다음 페이지에)

정답 공개 : 모두 ③번 (귀찮음)

할담비,
인생 정말 모르는 거야!

초판 1쇄 인쇄 2020년 1월 17일
초판 1쇄 발행 2020년 1월 23일

지은이 지병수
펴낸이 이범상
펴낸곳 (주)비전비엔피 · 애플북스

기획 편집 이경원 유지현 김승희 조은아 박주은 황서연 김혜경
디자인 김은주 이상재 한우리
사진 제이 림 스튜디오 임재현
패션 스타일링 여대류
마케팅 한상철 이성호 최은석 전상미
전자책 김성화 김희정 이병준
관리 이다정

주소 우)04034 서울시 마포구 잔다리로7길 12 (서교동)
전화 02)338-2411 | **팩스** 02)338-2413
홈페이지 www.visionbp.co.kr
인스타그램 www.instagram.com/visioncorea
포스트 post.naver.com/visioncorea
이메일 visioncorea@naver.com
원고투고 editor@visionbp.co.kr

등록번호 제313-2007-000012호

ISBN 979-11-90147-11-8 (03810)

이 도서의 국립중앙도서관 출판시도서목록(CIP)은 서지정보유통지원시스템 홈페이지(http://seoji.nl.go.kr)와
국가자료공동목록시스템(http://www.nl.go.kr/kolisnet)에서 이용하실 수 있습니다.(CIP제어번호: CIP2020000727)